高拜石說詩

光宣詩壇點將錄斠註

高拜石——原著　蔡登山——主編

導讀：嫻熟晚清詩壇的掌故大家高拜石

蔡登山

高拜石（一九〇一—一九六九），字嬾雲，又號般若，晚歲多用芝翁，別號古春風樓主，福建福州人。其先室為浙江鎮海望族，以遊宦落籍福建福州。父親高杰藩為福建省永春州知事，高拜石幼年聰慧異常，過目不忘，深得其父鍾愛。年六歲入私塾，為名師朱德馨之得意弟子，通四書六藝。十一歲入省立商業學校。課餘常投寄稿件於報章，文名乃彰。畢業後隨叔父蔭午公北上九江縣，在地方政府處理文書函牘，深受其叔之獎掖。不久隨其叔調山東棲霞縣。後來就讀於北京平民大學文科，一九二一年畢業。受吳昌碩影響，專研書法與篆刻。一九二五年與其介弟高伯奇在北京創辦《心聲晚報》。一九二六年回福建復創《華報》、《穀報》、《寰宇新聞》，一九三四年任福州《民國日報》社長。

抗戰期間福州淪陷時，任福建省府參議，協助處理淪陷區救濟工作甚力。日軍撤退後，仍返榕主持福建《中央日報》筆政。一九四七年初應邀來臺，佐理黨政工作；臺省府新聞處處長林紫貴聘其任主任秘書，與新聞界相處融洽。後福建情況危急，曾隨湯恩伯赴廈一行，惜因大局逆轉，事與願違。返臺後經劉啟光禮聘，入華南銀行服務。公暇從事藝文，一九五八年起為《新生報》副刊撰寫專欄「古春風樓瑣記」，先後有十餘年之久，成稿三百萬字。內容為描寫清末民初人物，後以《古春風樓瑣記》為名出版，共二十大冊。在《大華晚報》則發表「浮匯識小」專欄。

高拜石雅好書法金石，造詣殊深。早歲從朱敬亭、黃藹農、沈冠生等學金石書畫，據說初學書體之結構，隸取其長，篆取其方，書法家王壯為談到高拜石的書法說：「書法長於篆隸，行楷造詣尤深，篆體中尤善鐘鼎，圓渾密實，絕無苟率。楷書茂密肥厚，最宜施於壽序大屏。」曾發起組織中國書法學會並擔任理事，並組東冶藝林、八儔書畫會與五人書展等。另高氏篆刻，有筆有刀，堪稱成一家法。與王壯為、吳平、江兆申、王北岳、張心白、傅申等二十四人，組有海嶠印集，並出印集，頗獲時譽。一九六九年四月二十三日病逝於臺灣。

《古春風樓瑣記》是高拜石先生的力作，於一九五八年九月起，在台灣《新生報副刊》連載，歷時十餘年，先後兩次結集出版，影響長久而巨大。全著洋洋三百萬言，狀寫了清末民初間五百餘位各色各相人等，頗多鮮為人知的歷史掌故和彌足珍貴的重要文獻及第一手資料。以人物而論：有販夫走卒、草寇遊俠、淑女名媛、王公大臣、以至義民志士；以記事而論：或涉香豔、或涉壯烈、或涉忠勇、或涉奇詭、或涉逸趣，讀之使人愛、使人恨、使人憐、使人悲、使人悟，或使人熱血沸騰不異一擲頭顱，或使人感慨憤激而太息不已。高氏筆力雄放，酣暢舒展；學養深厚，縱横自如；所引詩、詞、聯、賦，亦多佳構；全著之文學、美學品位甚高。高氏治史態度嚴謹，褒貶嚴格，近百年間風起雲湧的國事、家事、天下事，都囊括在這一本本的《瑣記》中。此書好在忠實記載各種來自稗官野史的談話、掌故，更多涉及當代人物留世行述；因知者淵博，又隔今世不遠，竟能補正史之不足，堪稱當代傳記文學先驅。然而，此書也並非完美，作者難免照遠不照近，以免惹禍上身。也因此在這麼長篇累牘文章中，高拜石始終多談晚清人物、文人墨客，軍閥事跡與舊聞，卻鮮少論及國共兩黨要員的主要原因。

一九六一年起，高拜石應《中央日報》副刊之邀，撰寫《南湖錄憶》長期登載，歷久不衰，當時既贏得廣大讀者之喜好，其後印成專書發行，亦是一紙風行，洛陽紙貴，更得士林之好評。名詩人、教授李漁叔就評論過高氏的著作說：「芝翁積學知名，客台後，日草文數千言，一時耆碩，爭激賞之。所作《古春風樓瑣記》、《南湖錄憶》等書，精熟掌故，於數十年間宦海文場，軼聞舊事，纚纚如話家常，而文筆茂美，可謂『分其才足了十人』者也。其書沉著渾厚，逸氣內蘊，天趣盎然。」《南湖錄憶》是寫晚清人物，尤其較多是學人，談論他們的成就及故事，是接續《古春風樓瑣記》的寫作風格，只是這次在中央副刊是屬專欄形式，篇幅有其限制，因此更簡短扼要而去其太過冗長之弊病。中央副刊主編孫如陵就評論過高氏的掌故說：「掌故，寫一人，須了解其人的背景，述一事，須洞察其事的原委，非博觀而約取不見功。《南湖錄憶》，取精用宏，寫人則婉孌生姿，述事則情理曲當。」而張其昀嘗譽其為「自梁任公、林琴南以來，罕與其倫比，誠是列於現代中國一大文豪而無愧色。」，但這話有些誇大之嫌，寫掌故高拜石實則是掌故家徐一士、紀果庵、黃秋岳等之流，言其為大文豪，實乃過之。

《南湖錄憶》專欄後來結集出書，收有一百六十六篇作品，而在版權頁上有寫「第一集」之字樣，這引起我的好奇，難道還有「第二集」嗎？查遍各圖書館當然找不到。我靈機一動是否高拜石在生前還有繼續編「第二集」之構想，那一定還有不少的篇幅尚未編輯，於是我就翻閱當年的《中央日報》縮印本，果然不出我所料，還有不少文章並未收入已出版的《南湖錄憶》中，我就一篇一篇地影印出來，去其已出版的，還得一百八十篇之多，名為《南湖錄憶續篇》。這可是從未面市的作品，而兩本合在一起才是《南湖錄憶》這個專欄的全貌。因此我重新打字校對而由於當年報紙印刷並不精良，加之歲月的侵蝕，有些字跡已是漫漶不清，我已經努力的辨識、查索，全書只剩下不到十個字有疑慮，不敢強做解人，我以□保留之。而嚴復悼林旭的詩，高拜石引錄的字句上似有錯誤，我查得嚴復集子的詩加以改正。

《光宣詩壇點將錄斠註》是高拜石晚年的著作，它原先也是「古春風樓瑣記」專欄的一部分，後來單獨成書的。是對汪辟疆的《光宣詩壇點將錄》做了校注，有大量的高拜石自己的看法和引用陳衍（石遺）的《石遺室詩話》的部分。汪辟疆此書為近代詩史研究的名著，撰成於一九一九年，一九二五年分五期刊於《甲寅》雜志（第一卷第五號至第九號）。後十年，再刊於《青鶴》雜志一九三四年第三卷第二號至一九三五年第七號。一九四四、四五年間，又加修改釐為定本。而定本一直未曾刊布。「文革」期間，遂遭焚毀。後其弟子程千帆先生據三種殘存的定本草稿合校，收入一九八八年上海古籍出版社《汪辟疆文集》。汪辟疆此書實可視為一部近代詩史，或者一部近代詩史的大綱。其書簡明謹嚴地勾畫了光宣時代的詩史，其中涉及的一百九十二名詩人，基本囊括了晚清詩壇的主要作者。汪辟疆通過「點將錄」的形式，區別了一百九十二名詩人的造詣、名位、風格及派別。這部著作不但涉及史料範圍至廣，其評論近代詩人亦多中肯，於研究者俱有很高的參考價值。

高拜石的《光宣詩壇點將錄斠註》所採用的版本，是汪辟疆的甲寅本。他認為汪氏此書：「擇同時詩人一百八人，比擬於《水滸》之天罡地煞，雖為一時遊戲，而條列謹嚴，衡量甲乙，悉秉公論。」、「對五十年來諸詩派源流衍變，多所分析，一代風雅，多所扢揚。」他又說：「（該書）傳布之始，南北詩壇，為之轟動，在上海做寓公的諸耆宿，如康長素、陳散原、陳蒼虬、王病山諸人，相聚時每舉為笑樂。但也有居然認起真來，表示異議或爭論的，如章孤桐以其丈人吳彥復，不宜置於步軍將校之列，力爭應要與散原諸人相比擬；康長素對人也說：『我康有為生平對於經史學問，都是具有哥倫布尋覓新大陸的本領，汪某怎麼把我比作神行太保？』此外更有一般讀者，或函陳意見，或認有商榷餘地，甚至或說他有失品評之正，更有指謂挾有鄉里的私見。汪氏均一笑置之，不與辯釋。」

而高拜石何以在晚年會對此書做校注呢？他說：「汪氏以將近八十之年，已歸道山，其遺作已不易見，《點將錄》中諸人，更已俱作古人，談詩壇掌故者，每有提及，而苦弗詳。承汪之高足章斗航教授見示原作，披覽之餘，因就其中論列諸人之後，加以斠註，俾詳所自。」汪氏之作，對於諸位詩人僅做排列及簡單的註解，在評論上相對薄弱，更缺少對作品的具體批評，因此《點將錄》自難以饜足詩家之望。高氏飽讀晚清各家詩集，有太多的詩人史料及後人對於作品之評點，因此他將這些心得及引文，羅列在汪氏的註解之後，雖名為「斠註」，實則應該是「箋釋」更符合其內容。如此一來汪氏標舉的大綱，將因此而添其血肉，除了將其來由、史料及作品評論，合為一爐，綱舉目張，互為表裡，豐富原本僅七千餘字的原文，成為九萬餘字的專書，《光宣詩壇點將錄斠註》成為研究《點將錄》不可或缺的入門書籍。

目次

光宣詩壇點將錄（甲寅本）

汪國垣（辟疆）著

曩與義寧曹東敷同客南昌，又同寓簡菴、思齋昆仲家，昕夕論詩，極友朋之樂。東敷詩學黃、陳，頗為當世名流所推許，與愚一見即定交。蓋愚蚤年言詩，夙服膺元祐諸賢，與所論不謀而脗合也。東敷言：「並世詩人，突過乾嘉。昔瓶水齋主人曾有《乾嘉詩壇點將錄》之作，子於並世諸賢，多所親炙，盍續為之，亦藝林一掌故也。」余即具草，比擬洽合，至萬不可移易處，東敷、簡菴、思齋皆拊掌大笑。竭一晝夜之力，而當世諸詩人，泰半網羅此冊矣。今東敷、思齋已歸道山，原稿迄未寫定，比來都門，適章子孤桐續刊《甲寅》，徵稿於愚，乃重為釐定，補其漏略，正其謬妄，布之海內，惜未能起吾友一共讀耳。乙丑八月辟疆記。

步軍頭領十員

天孤星花和尚魯智深　金和

亞匏詩以五七古擅長，鴻篇鉅製，極奔放恣肆之觀，力量最大，幾無與抗手。亞匏在咸同時有名，至光緒年間方卒。時代較早，然不可漏也。

天傷星行者武松　黃遵憲

李詳〈題黃公度人境廬詩艸〉云：「廿載無人繼硬黃，（貴筑黃琴塢有「硬黃」之稱）袁忠節祖復舉以贈漱蘭先師，公度亦可謂硬黃矣。如君合署此堂堂。鳳鸞接翼羅虞網，螻螘先驅待景皇。詩草墨含醇酖味，英靈名破海天荒。試看生氣如廉藺，孰與吳兒論辨亡？」公度有改革詩體之志，其成就雖未能副其所期，然一時鉅手矣。

天異星赤髮鬼劉唐　蔣智由

蔣觀雲詩宗李翰林，頗有逸氣。《居東》一集，不乏名作也。

天退星插翅虎雷橫　丘逢甲

仙根在嶺南，詩最負盛名，中原人士多不能舉其名。工力最深，出入於太白、子美、東坡、遺山之間，能自出機軸，固一時健者也。仙根字仲閼，廣東蕉嶺人，寄籍福建臺灣。

天殺星黑旋風李逵　易順鼎

石甫早年有天才之目，平生所為詩，累變其體。至《四魂集》，則推倒一時豪傑矣。造語無平直，而對仗極工，使事極合，至鬥險韻、鑄偉詞，一時幾無與抗手。

天巧星浪子燕青　夏曾佑

別士詩喜用哲理入詩，名篇頗多。梁卓如嘗舉與公度、觀雲，並推為新詩界三傑，其實三人皆取法古人，並未能脫然自立。黃氣體較大，波瀾較宏，蔣、夏皆喜摭用新理西事入詩，風格固規撫前人也。

天牢星病關索楊雄　楊度

晳子詩工亦深，惟氣體稍嫌平滯。

天彗星拚命三郎石秀　嚴復

幾道劬學甚篤，詩工最深，惜為文所掩。樹骨浣花，取徑介甫，偶一命筆，思深味永，不僅西學高居上座也。

天暴星兩頭蛇解珍　曾廣鈞

環天室詩多沈博絕麗之作，比擬之工，使事之博，虞山而後，此其嗣音。近詩人多祖宋祧唐，惟湘人如湘綺、重伯、陳梅根、饒石頑、李亦元、寄禪諸公，多尚唐音。

天哭星雙尾蝎解寶　程頌萬

鹿川田父，詞翰繽紛，楚豔之侈也。《楚望閣集》與《鹿川田父詩集》，名作極多，出入唐宋，情韻兼美，間學中晚，氣體要自不弱，可與環天室伯仲矣。長兄伯翰亦能詩，華實並茂，惜其亡久矣。伯翰名頌藩，號葉盦。

步軍將校一十七員

地默星混世魔王樊瑞　章炳麟

太炎經學為晚近大師，詩原出漢魏樂府，古豔盎然，世不多見。余曩在申江，曾見友人錄其五言古若干首，頗有閱世高談、自闢戶牖之概，惜未寫福，今尚悵悵耳。

地暴星喪門神鮑旭　譚嗣同

瀏陽三十以前詩，多法少陵；三十以後，迺有自開宗派之志。惟奇思古豔，終近定菴。且喜摭西事入詩，頗有詩界彗星之目。

地飛星八臂哪吒項充　黃侃

地走星飛天大聖李袞　劉光漢

季剛、申叔，皆與太炎關係較深，申叔社友，季剛則太炎高足也。申叔詩法子美，間學漢魏，氣體頗大，略嫌膚廓。季剛則專學《選》體，華實並茂，雖近摹擬，要不失為學人之詩也。

地伏星金眼彪施恩　吳保初

北山品節極高，詩亦悲壯，遣詞命意，時近臨川，其迴腸盪氣之作，亦不亞海藏樓也。

地幽星病大蟲薛永　丁惠康

叔雅襟期高亮，詩亦如之。少與曾剛庵齊名，吐屬蘊籍，與曾詩取徑略同，但氣體差弱耳。叔雅交遊遍海內，死時輓詩極多，皆足以傳叔雅也。

地鎮星小遮攔穆春　鄧方

秋門驚才絕豔，綺歲有聲，《小雅樓詩》，感時撫事，不亞婁東，使假以年，成就固不僅只此也。

地僻星打虎將李忠　李希聖

亦元詩學玉溪，得其神髓，《雁影齋集》初刊成，自譽以為少陵不能過。有謂其詩似義山者，心輒不怡，其自負如此。

地異星白面郎君鄭天壽　吳用威

屐齋詩風神搖曳，不減張緒當年，新城以後，此為嗣音。至其風骨高騫，情韻兼美，並世諸賢，亦當頫首。

地魔星雲裡金剛宋萬　張謇

嗇菴詩氣體清剛，微傷直率。

地妖星摸著天杜遷　周家祿

彥昇詩，寄託深微，情韻不匱。

地短星出林龍鄒淵　周星譽

地角星獨角龍鄒閏　冒廣生

冒鶴亭為周畇叔甥，詩境春容大雅，情韻並茂，所謂「何無忌酷似其舅」也。周有《漚堂剩稿》，冒有《小三吾亭集》。鶴亭近詩尤勝。

地捷星花項虎龔旺　李葆恂

地速星中箭虎丁得孫　林紓

文石、畏廬，藝術文章，別有可傳處，詩其餘事也。文石見解極高，所作亦時親古豔。畏廬壬子以前為詩極少，有作則近梅村，壬子以後，漸近蒼秀。惟結體鬆緩，殊欠精嚴，陳石遺所以有排比鋪張之論也。

地惡星沒面目焦挺　朱銘盤

曼君澤古甚深，不苟作，不矜材，自是學人之詩。有《桂之華軒詩文集》。

地醜星石將軍石勇　劉光第

裴村比部詩多奇氣，鎚幽鑿嶮，開徑獨行，五古意境尤高。戊戌六君子中，晚翠軒外，當以比部詩為最工。讀《介白堂集》，恍若遊名山大川矣。

守護中軍馬軍驍將二員

地佐星小溫侯呂方　梁鴻志

眾異詩植骨杜韓，取徑臨川，頗得介甫深婉不迫之趣。入關以後，詩筆健舉，風骨益高。使在黃門，當在陳洪之列。小溫侯追隨宋公明，自是一員大將也。

地佑星賽仁貴郭盛　黃濬

秋岳詩工甚深，天才學力，皆能相輔而出，有杜韓之骨幹，兼蘇黃之詼詭，其沉著隱秀之作，一時名輩，無以易之。近服膺散原，氣體益蒼秀矣。

守護中軍步軍驍將二員

地猖星毛頭星孔明　羅惇曧

地狂星燭火星孔亮　羅惇㬊

二羅皆一時健者。癭公蒼秀，敷庵精嚴；癭公氣體駿快，得東坡之具體；敷庵意境老澹，有後山之遺響。跡其成就，其在散原，亦猶蘇門之有晁、張也。

四寨水軍頭領八員

按四寨水軍頭領，皆中堅人物，今以光宣兩朝詞家屬之。

天壽星混江龍李俊　朱祖謀

古微襟期冲澹，尤工倚聲，所刊《彊村詞》，半塘老人謂為「六百年來，真得夢窗神髓者也」。晚際艱屯，憂時念亂，一託於詞，實能兼二窻、碧山、白石諸家之勝，非一家所可限矣。所刊兩宋詞集，多人間未見之本。

天平星船火兒張橫　王鵬運

半塘父子，俱工倚聲，半塘尤精音律。與古微唱和最多，精誼之作，不減彊村。

天損星浪裡白條張順　鄭文焯

叔問雅善倚聲，知名當世，有《比竹餘音》詞集，彌近清真、白石。詩亦神韻邈綿，張祜之遺也。

天劍星立地太歲阮小二　馮煦

夢華中丞，詞極清麗，詩亦淵永可味。嘗見其手書七言絕句，風神秀逸，絕類新城。

天罪星短命二郎阮小五　文廷式

道希《雲起軒詞》，橫厲盤鬱，蘇、辛之遺。詩亦風骨遒上，音節抗墜，所謂變徵之音也。

天敗星活閻羅阮小七　況周儀

蕙風記醜學博，尤精倚聲，流布詞集、筆記，傳誦一時，可謂「拚命著書」者矣。

地進星出洞蛟童威　王允皙

地退星翻江蜃童猛　潘博

碧棲詩詞，皆清麗秀逸，風致娟然。若海襟期散朗，韻味並勝，詩稱其詞。

四店打聽聲息邀接來賓頭領八員

按四店頭領，頗多汲引之勛，以言真實本領，固未易企及馬步軍諸將也。孫、張、杜、李，自是健者，餘子碌碌，吾無取焉。今以光宣兩朝歷掌文衡諸賢屬之。

地數星東山酒店小尉遲孫新　翁同龢

松禪執事，別有可傳，門下多宿學能詩者。即其自作，亦雅飭可誦。愚嘗見其松常文獻畫像題詠，皆風骨遒上。餘事作詩人，非學裕識廣，辟易千人者，固未足語於此也。

地陰星母大虫顧大嫂　黃體芳

漱蘭先生有「燒車御史」之風，節概炳然。晚主大梁書院，喜以詩歌自娛，風骨頗高，兼尚情韻，世固未知也。

地刑星西山酒店菜園子張青　張之洞

廣雅平日自譽其詩，以謂高出時賢，面貌學杜韓，比辭屬事，要歸雅切，尚不失為廟堂黼黻、舂容大雅之音。其自負在是，其失亦在是也。

地北星母夜叉孫二娘　江標

建霞美風儀，號稱識時之彥，世皆知為清末革新運動之人。然詩工殊深，風致娟然。有《靈鶼閣稿》，頗自祕惜，己亥燬於火。

地囚星南山酒店旱地忽律朱貴　張百熙

冶秋尚書，門下多俊彥，汲引之功，當不在旱地忽律下也。《退思軒集》多尚唐音，要自雅飭，惜風骨未高，不免文繡鞶帨耳。

地全星鬼臉兒杜興　柯劭忞

鳳笙師不朽之業，當在《元史》。其詩亦風骨高騫，意味老澹，一時鉅手也。

地奴星北山酒店催命判官李立　吳慶坻

子修學使精地理之學，詩筆亦健舉，卓然大家。

地劣星活閻婆王定六　嚴修

範孫通方之彥，尤負時望，詩亦淵懿可誦。在美時遊山諸作，駿快似東坡，可誦也。

總探聲息頭領一員

天速星神行太保戴宗　康有為

高言李杜傷摹擬，卻小蘇黃語近溫。能以神行更奇絕，此詩應與世長存。

今詩人尚意境者宗黃陳，主神韻者師大歷。鎚幽鑿嶮，則韓孟啟其宗風；範水模山，則謝柳標其高格。其純脫然入乎古人、出乎古人者，則南海康有為也。南海平生學術，不以詩鳴，徒以境遇之艱屯，足跡之廣歷，偶事歌詠，直有抉天心、探地肺之奇，不僅巨刃摩天也。「返虛入渾，積健為雄」，惟南海足以當之。鄦廬識。

專管行刑劊子二員

地平星鐵臂膊蔡福　方爾謙

地損星一枝花蔡慶　方爾咸

地山、澤山，詩名滿淮海，所作皆清剛遒上，獨秀時流。維揚多俊人，閔葆之、梁公約、陳移孫及方氏昆仲，皆一時鸞鳳也。

軍中走報機密步軍頭領四員

地樂星鐵叫子樂和　惲□

地賊星鼓上蚤時遷　林□

地狗星金毛犬段景住　沈□

地耗星白日鼠白勝　潘□

專管三軍內探事馬軍頭領二員

地微星矮腳虎王英　廉泉

地慧星一丈青扈三娘　吳芝瑛

南湖詩差有風韻，樹骨未高。王英在山寨亦平平，取擬南湖，或從其類。小萬柳堂主人，在女界文學中，自是俊物。散文家法具存，詩尚唐音。平生風義，最篤故人，秋墳惓惓，亦晚近俠舉也。

掌管監造諸事頭領十六員

行文走檄調兵遣將一員

地文星聖手書生蕭讓　顧印愚

塞向翁詩宗晚唐，風韻絕佳，生平精小楷，嘗為梅浣華書哭菴〈數斗血歌〉，細行密字，精氣卻拂拂從十指出也。

定功賠罰軍政司一員

地正星鐵面孔目裴宣　胡思敬

退廬骨鯁之士，晚清末造，早決危亡，平生大節學術，自有可傳、詩則不甚措意，惟吐辭屬事，自是退廬之詩，他人不能有也。

考算錢糧支出納入一員

地會星神算子蔣敬　胡朝梁

詩廬詩精誼之作，不在秋岳、眾異之下，惟出筆太易，微傷直率。生平以詩為性命，並世名流，多所親炙。寓廬四壁，張時人詩卷，幾無隙地。

監造大小戰艦一員

地滿星玉旛竿孟康　饒智元

石頑熟《南、北史》，所作風韻獨絕，平生尊唐黜宋，持之甚嚴。著有《十國雜事詩》，為時傳誦。

專造一應兵符印信一員

地朽星玉臂匠金大堅　吳俊卿

老缶詩筆健舉，題畫之作尤工。善篆刻，負有盛名。

專造一應旌旗袍襖一員

地遂星通臂猿侯健　史久榕

史竹坪曾集玉溪生詩七律八十首，七古一首，五律五十首，共刻之，題曰《麝塵集》。翁叔平、徐花農，皆推為天衣無縫、工緻絕倫者也。近人工集句者，無此巨帙。唐堂而後，當推竹坪。

專治一應馬匹獸醫一員

地獸星紫髯伯皇甫端　顧雲

石公詩筆健舉，醉中命筆，頗多偉觀。《盋山詩集》，不乏名作。

專治內外諸科病醫士一員

地靈星神醫安道全　王乃徵

病山詩工甚深，曾見其《嵩山游草》，風骨韻味，具臻勝境。改物以後，寓居滬上，以醫自隱，易名王潛，又號潛道人。醫固絕技也。

監督打造一應軍器鐵件一員

地孤星金錢豹子（湯隆）　李詳

別才非學，不信儀卿，短書小冊，拉雜並陳。

專造一應大小號砲一員

地輔星轟天雷淩振　梁啟超

日對天地悲飛沈，傾四海水作潮音。　邱菽園〈八友歌〉。

新會向不能詩，惟嘗與譚瀏陽、黃公度鼓吹詩體革命，著為論說，頗足易一時觀聽。返國以來，從趙堯生、陳石遺問詩法，乃窺唐宋門戶。《遊臺》一集，頗多可採。惟才氣橫厲，不屑拘拘繩尺間耳。

起造修葺房舍一員

地察星青眼虎李雲　劉世珩

葱石喜聚異書，鏤板行世，多精槧名刊，學裕才高，迥出流輩。詩學源出東坡，與復初齋為近。覃溪雅好金石，喜述石墨源流，引證賅博，與葱石異代同風，故肸蠁相通也。

屠宰牛馬豬羊牲口一員

地覊星操刀鬼曹正　陳詩

觥觥時彥少所取，批郤導窾經肯綮。

提刀四顧心茫然，絕技心折子陳子。

子言詩宗唐音，精嚴自喜，不隨風氣轉移，此其過人處也。所著《尊瓠室詩話》、《江介雋談錄》，立論不苟。

排設筵宴一員

地俊星鐵扇子宋清　陳夔龍

庸菴詩平澹乏意境，雖喜為之，實不甚工。晚寓滬濱，較前略勝，尚不逮善化相國也。

監造供應一切酒筵一員

地藏星笑面虎朱富　敬安

寄禪詩在湘賢中為別派，清微澹遠，頗近右丞。惟喜運用佛典，微墮理障。

監造梁山泊一應城垣一員

地理星九尾龜陶宗旺　水竹村人

田間釋耒東瀣徐，寄情水竹恣娛嬉。

揚榷風雅願在茲，詩成早築晚晴簃。

專一把捧帥字旗一員

地健星險道神郁保四　孫雄

近代詩才讓達官，曾聞實甫論詞壇。
潛夫只有傷時淚，也當君家史料看。　鄭孝胥題詩史閣詩。

光宣詩壇點將錄斠註

高拜石撰

一、前言

文學的轉變，每與時代為因緣，而以詩歌最能透其消息。以滿清一代而言，詩學之變遷，可約分為三期：康（熙）雍（正）（公元一六六二年至一七三五年）為初期，乾（隆）嘉（慶）（公元一七三六至一八二〇年）為中期；道（光）咸（豐）（公元一八一二至一八六一年）以後為近代。初期之詩，承明代前後七子之流風餘韻，奇情盛藻，聲律鏗鏘，不過易姓改步之際，善感的詩人，不無麥秀黍離之感，或多憫時念亂之思，稍後則又不無攄思鳴盛，點綴昇平之語，故在這一期裡，可謂眾製咸備，風會總雜。到了乾嘉之世，為清代全盛時期，獨詩學不振，原因則以承平之作多悅，詞采有餘，意境則了無動人，這一時期的詩，芳華典贍，才質並弱。道咸兩朝，國勢由盛而衰，外有列強的窺伺，內則髮捻之變亂，詩人念亂，變徵之音遂作，一般憂時之彥，致意經世之學，思為國家致太平，值時多難，此意蕭條，行歌甘隱，所學一發於詩，而詩之形質，遂為之一變，詠歎之中，時寄憂感，心境與世運相感召，便不覺流露於字句，流衍所至，遂直接影響到同光諸家了。

同治之初到光緒之季，其始大亂敉平，東南底定，史稱中興，可是髮捻雖滅，西陲尚在用兵，局勢稍穩，而外侮又亟，甲申、甲午以後，接著戊戌、庚子之兩場大禍，更是大傷元氣，文士詩人，痛定思痛，發於聲詩，詞旨淵微，蔚為風氣，流布至廣，影響至深，文廷式嘗言：「生人之禍患，實詞章之幸福」，其語至痛，由而可覘這五十年中之詩學風會的。故單就詩學而言，清詩至同光而極盛，詩人雲起，其確能卓立成家亦多，世稱同光體。

彭澤汪辟疆國垣，為贛籍的名詩人之一，曾在金陵大學中央大學執教，桃李滿宇內，尤與並時諸賢多相交接，凡有專集行世，或尚未刊行之作，每先寓目，閱覽既多，論列尤當，曾有《光宣詩壇點將錄》」之作，擇同時詩人一百八人，比擬於水滸之天罡地煞，雖為一時遊戲，而條列謹嚴，衡量甲乙，悉秉公論。據汪氏自言：

曩與義寧曹東敷同客南昌，又同寓簡庵思齋昆仲家，昕夕論詩，極友朋之樂。東敷詩學黃陳，頗為當世名流所推許，與愚一見即定交，蓋愚蚤年言詩，夙服膺元祐諸賢，與所論不謀而合也。東敷言並世詩人，突過乾嘉，昔瓶水齋主人，曾有乾嘉詩壇點將錄之作，子於並世諸賢，多所親炙，盍續為之，亦藝林一掌故也。余即具草，比擬洽合，至萬不可移易處，東敷、簡庵、思齋皆拊掌大笑，竭一晝夜之力，而當世諸人，泰半網羅此冊矣。……

汪辟疆於民國十四年乙丑八月到北平，那時章孤桐正在執政府任教育總長，《甲寅》周刊亦於此時復刊，向汪索稿，汪乃重為釐定一過付之。

汪作之《光宣詩壇點將錄》，見於復刊之《甲寅》周刊第五至第九期，傳布之始，南北詩壇，為之轟動，在上海做寓公的諸耆宿，如康長素、陳散原、陳蒼虬、王病山諸人，相聚時每舉為笑樂。但也有居然認起真來，表示異議或爭論的，如章孤桐以其丈人吳彥復，不宜置於步軍將校之列，力爭應要與散原諸人相比擬；康長素對人也說：

> 我康有為生平對於經史學問，都是具有哥倫布尋覓新大陸的本領，汪某怎麼把我比作神行太保？

此外更有一般讀者，或函陳意見，或認有商榷餘地，甚至或說他有失品評之正，更有指謂挾有鄉里的私見。汪氏均一笑置之，不與辯釋。他認為：

> 詩之得失，寸心自知，衡量甲乙，悉秉公論，既無偏挐之辭，復少譏彈之語，至比類

達恉，不無軒輊，實欲存一代之文獻，備詩壇之掌故也，私門故吏，見其位次高者，自多獎飾之辭，其卑次者，即不免詆諆之語，一手不能盡掩天下目，此固不可以口舌爭也。……

足見其所持之謹嚴處。

《點將錄》在《甲寅》周刊發表了十年之後，民國廿三四年間，上海的《青鶴雜誌》又重行刊載一次，那時候錄中的詩人，已漸凋零，國難正殷，也少有人注意，汪氏時在南京國立中央大學文學系主講，曾寫有《近代詩派與地域》，對五十年來諸詩派源流衍變，多所分析，一代風雅，多所抎揚。八年抗戰，繼之大陸匪亂，於今又已三十餘載，汪氏以將近八十之年，已歸道山，其遺作已不易見，《點將錄》中諸人，更已俱作古人，談詩壇掌故者，每有提及，而苦弗詳。承汪之高足章斗航教授見示原作，披覽之餘，因就其中論列諸人之後，加以斠註，俾詳所自。

二、王闓運

詩壇舊頭領一員，托塔天王晁蓋：王闓運。原句：「陶堂老去彌之死，晚主詩盟一世雄，得有斯人力復古，公然高詠啟宗風」。

按：湘綺樓老人王壬秋，為詩壇耆宿，得名最盛，生平造詣，乃在心模手追於漢魏六朝而稍涉初唐及盛唐，所傳《湘綺樓詩》，刻意之作，辭采巨麗，用意精嚴，誠足獨步一時，尚友千古。惟及身以後，傳者無人，王氏亦自云：

今人詩莫工於余，余詩尤不可觀，以不觀古人詩，但觀余詩，徒得其雜湊摹倣，中愈無主矣。

陳石遺詩話：

湘綺五言古，沈酣於漢魏六朝者至深，雜之古人集中，直莫能辨，正惟其不能辨，不必其為湘綺之詩也。

湘綺少孤，受教其叔，不喜制舉文，又跅弛好大言，與李篁仙、鄧彌之諸人交最摯，自標為湘中五子，日夕過從，多為詩篇，尤喜五言，號為學古，時人不知古詩派別，見五言則號為漢魏云。陶堂為湖口高心夔之字，咸同之際與湘綺同為肅順上賓，論文談藝，深相契合，所作亦力追漢魏六朝，與王氏作桴鼓之應。

三、陳三立、鄭孝胥

詩壇都頭領二員：天魁星及時雨宋江——陳三立（字伯嚴，號散原，義寧人）原贊云：「撐腸萬卷饑猶饜，脫手千詩老更醇。雙井風流誰得似，西江一脈此傳薪。」天罡星玉麒麟盧俊義——鄭孝胥（字蘇龕，號太夷，閩縣人）。原贊云：「肯向都官拜路塵，花間著語老猶能。脫然出手皆生氣，聖處如詩見道真。」又並贊云：「義寧句法高天下，簡淡神清鄭海藏，宇內文章公等在，扶輿元氣此堂堂。」

按：陳、鄭二人與陳寶琛、陳衍，為「同光派」之領袖，注辟疆有句云：

同光二三子，差與古澹會，骨重神乃寒，意匠與俗背。……

吾鄉散原翁，吐語多姿態，排奡出恢詭，瑰麗遂無對。……

於散原極致推崇，亦深得陳詩神髓。又云：

陳散原先生則萬口推為今之蘇黃也，其詩流布最廣，工力最深，散原一集，有井水處，多能誦之。蓋散原早年，習聞湘綺詩說，心竊慕之，頗欲力爭漢魏，歸於鮑謝，惟自揣所製不及湘綺，乃改轍以事韓黃，又以出自弢菴之門，沆瀣相得，戊戌政變，受譴家居，遂壹志為詩，及流寓金陵，詩名益盛，同輩習聞所說，歸禮涪皤，偶事篇章，並邀時譽，而後生末學，遠近嚮風者更無論矣。平生論時，惡俗惡熟。又嘗言：「詩必宗江西，靖節、臨川、廬陵、誠齋、白石皆可學，不必專下涪翁拜也」。蓋散原詩，亦經數變，早年專事韓黃，大篇險韻、盡成偉觀；辛壬避地海上，又兼有杜陵宛陵坡谷之長，閔亂之懷，寫以深語，情景理致，同冶一鑪，生新奥折，歸諸穩順，初讀但驚奥澀，細味乃覺深醇，晚年佐以清新，近體參以圓海，而思深理厚，尚不失自家面目，此其過人者也。……

所論亦至確當。

散原詩一代宗匠，論者久無異詞。陳衍之《石遺室詩話》亦謂：

散原為詩，不肯作一習見語，於當代能詩鉅公；嘗云某也紗帽氣，某也館閣氣，蓋其惡俗惡熟者至矣。少時學昌黎，學山谷，後則直逼薛浪語，並與其鄉高伯足（蘷）極相似，然其佳處，可以泣鬼神訴真宰者，未嘗不在文從字順中也，而荒寒蕭索之景，人所不道，寫之獨覺逼肖。

又謂：

余舊論伯嚴詩，避俗避熟，力求生澀，而佳語仍在文從字順處，世人只知以生澀學山谷，不知山谷仍槎枒，並不生澀也。伯嚴生澀處，與薛士龍季宣絕似，無人知者。嘗持浪語詩示人，以證此說，無不謂然。然辛亥亂後，則詩體一變，參錯於杜、梅、黃、陳間矣。

羅敷庵云：

散原品節匡山峻，老主詩盟一世雄，天宇冥鴻避矰繳，蘧廬萬象入牢籠。

> 欲同無己遵雙井，每過斜川問長公，曾酌西江微辨味，伐毛從與乞玄功。

贊仰散原，可謂雅切精微。

鄭海藏與陳散原並主壇坫，然二人宗派亦隱有不同。蓋承襲有自，所受道咸諸家如程恩澤（春海）、鄭珍（子尹）、江湜（弢叔）、陳沆（太初）之影響者各別，聲息雖通，源流不無微異。程鄭二氏，學術淹雅，詩則植體韓黃，典贍排奡，理厚思沉，宗散原者多從此入；江陳二家，人情練達，詩則體兼唐宋，清拔澹遠，富有理致，學海藏者每借徑於此。陳石遺云：

> 同光之際，詩家流衍隱分二派，其一派生澀奧衍，自急就章、鼓吹詞、鐃歌十八曲以下逮韓愈、孟郊、樊宗師、盧仝、李賀、梅堯臣、黃庭堅、謝翺、楊維楨、王履、倪元璐、黃道周之倫，語必驚人，字忌習見，近代鄭子尹《巢經巢集》為弁冕，莫子偲羽翼之，至義寧陳散原，則集此派之大成者也。其一派清蒼幽峭，自十九首、蘇、李、陶、謝、王、孟、韋、柳以下，逮劉昚虛、賈島、姚合、陳師道、陳與義、陳傅良、趙師秀、徐照、徐璣、翁卷、嚴羽，元之范梈、揭傒斯，明之鍾惺、譚元春、阮

大鉞之倫，洗鍊鎔鑄，體會深微，出於精思健筆，語不必驚人，字不避習見，及積句成篇，又皆無前人已言之意，已寫之景，且皆為人人意中所欲出，近代陳太初《簡學齋詩》為弁冕，魏默深羽翼之，至閩縣鄭海藏，則集此派之大成者也。

兩派淵源如此，然散原晚年亦有近於幽峭一派者，海藏集中亦有近於奧衍一派者，時人之學散原海藏者，得其一體，皆能自拔流俗。

海藏為左海世家，父仲濂（守廉）以庶吉士改部曹，長於倚聲，有《考功詞》一卷，詩少作，僅傳其〈夕陽〉一絕：

水碧沙明慘澹間，問君西下幾時還。
樂遊原上驅車過，愁絕詩人李義山。

頗膾炙人口。海藏十餘歲而孤，與弟稚辛（孝檉），初從長樂李星冶（兆珍）讀，失怙後，惟師其從祖鄭虞臣（世恭）。虞臣咸豐壬子進士，改戶部主事，歸里授徒不出，左宗棠督閩時，重其人，聘為鳳池書院山長十年，王凱泰撫閩，改聘為致用書院山長十年，又改主正誼書院講席，數年卒。此老畢生布衣蔬食，常枯坐一室如老僧，教人循循有序，書法亦獨步一時。海藏負才兀傲，為詩一成則不改，自謂「骨頭有生所具，任其支離突兀」。其詩多惘惘之作，如〈送樫弟入都〉有云：

事業那可說，所憂寒與飢。
我如風中帆，奔濤猛相持。
不怨漂流苦，但恨常乖離。
何時得停泊，甘心趨路歧。
向來負盛氣，不自謂我非。

當時石遺讀之，有「斯人恐難以愚魯到公卿矣」之嘆。然詩功固自不弱，三十以前，專攻五古，規橅大謝，浸淫柳州，又洗鍊於東野，沉摯廉悍，一時無與抗手，三十以後，乃肆力於七言，自謂為吳融、韓偓、唐彥謙、梅聖俞、王荊公，而多與荊公相近。石遺謂其所以至此，亦懷抱使然。

海藏又嘗自言：「作詩工處，往往有在悵惘不甘者」。並舉王荊公「別浦隨花去，迴舟路已迷，暗香無覓處，日落畫橋西」二十字，謂為與神宗遇合不終感寓之作。又言：

律詩要能作高調，不常作可也，老杜風急天高一首，全首高調，高調要不入俗調，要是自家語。

云云。汪辟疆論海藏詩，有云：

鄭太夷始為大謝，繼為韋柳，為孟郊，為臨川，為文與可米元章，晚乃亟推江鼓叔，真氣外溢，韻味旁流，是其所長，而英氣未除，衍儀是競，蓋以負才未遇，銳志功名，晚節不終，識者早已知矣。

末數語尤確當，晚年以夜起名菴，皤然一叟，猶懵懵然在木屐下自作其「後清宰相」之夢，終於悔恨以歿，辟疆所指晚節不終者即此。

四、陳寶琛、李瑞清

掌管詩壇機密二員：天機星智多星吳用——陳寶琛（字伯潛號弢菴，又號橘隱，滄趣老人，聽水軒老人，閩縣人）。原贊云：「閩海詞壇鄭與嚴，老陳風骨更翩翩，詩人到底能忠愛，晚歲哀詞哭九天。」

天閒星入雲龍公孫勝——清道人李瑞清（字梅盦，自號清道人，阿某，臨川人）。原贊云：「來往金陵又幾時，久聞人說李梅癡，過江名士知多少，爭誦臨川古體詩。」

弢菴師傅，領袖詩壇數十年，行輩最尊，詩名亦最著。光緒初元，與張之洞、張佩綸、寶廷、黃體芳諸人，以文章氣誼相推重，守正不阿，風節獨著。及受譴家居，築滄趣樓、聽水二齋，與陳書（木菴）酬唱往來，無間晨夕，而詩亦日益工。汪辟疆稱弢菴之詩：

> 體雖出於臨川，實則兼有杜、韓、蘇、黃之勝，平生所作，思深味永，心平氣和，令人讀之，如飲醇醴，蓋修養之功既深，饜心之語斯赴，宗風大啟，重若斗山，非無故

矣。詩篇甚富，其經散原節庵點定者，趙世駿嘗請以精楷書之行世，弢菴謙退不允。

又云：

> 詩必經數改，始可定稿。宜其精思健筆，辟易千人矣。

《石遺室詩話》，亦言弢菴為詩，「必改而後成，過後遂不能改。謂結構心思，已打斷矣」。又言：

> 弢菴年未四十，丁內艱歸里，不出者二十餘年，撫時感事，棄斥少作，肆力於昌黎、荊公，出入於眉山、雙井。所居螺江，有滄趣樓，梅竹深秀，公詩所云：留客便盤圓石坐，借書慣就綠陰攤者也。面樓奇峰五，摺疊若屏風，矗立千仞，視匡廬五老、香罏諸峰，殆有過之，詩境亦時復相似。洲上木奴萬頭，村外清江抱郭，煙波浩渺。……又與珍午（張元奇）前後主講鼇峰書院，皆有池館之勝，每與伯兄翦燭論詩，夜深不倦。

云云。所謂五奇峰，為尚幹鄉之方山，突兀似五虎頭，故又稱五虎山，落荒嶠而名不著也。石遺又云：

人亦有言，弢菴詩有紗帽氣，余曰：弢菴是館閣中人，雖罷官居鄉二十餘年，究與真村夫野老不同，滄趣名樓，則滄紅青瑣之思，亦詩人循例事也。

然真能傳弢菴詩者，則莫如陳散原。

散原為弢菴典試時所得士，弢菴逝後，遺作《滄趣樓詩集》，散原為之序云：

《滄趣樓詩集》若干卷，為吾師陳文忠公晚近所手定也，公薨逾一歲，孤子懋復等將授刊，督三立識其端。公早歲官禁近，已慷慨以身許國，勇於言事，章疏數十上，動關匡拂朝廷培養元氣大計，直聲風節傾天下，初未遑狃章句求工於詩也。法蘭西犯邊，詔公由江西學政，會辦南洋防務，坐微罪被譴，廢居鄉里竟二十餘年，戢影林壑，繫心君國，蓋抱偉略，鬱而不舒，袖手結舌，無可告語，閒放之歲月，遂假吟咏自遣，又嘗出遊江南廣州暨南洋群島，紀程之作亦稍多焉。及垂老召還，輔導冲主，國勢已岌岌不可為，俄迫禪讓，坐睹淪胥，處維繫綱紀斡旋運會之地，萬變震撼，寢寐交瘁，偶就餘閒寫胸臆，即集中後數卷所得詩是也。公生平遭際如此，顧所為詩，終始不失溫柔敦厚之教，感物造端，蘊藉綿邈，風度絕世，後山所稱韻出百家上者，庶幾過之。然而純忠苦志，幽憂隱痛，類涵溢語言文字之表，百世之下，低徊諷誦，猶可冥接遐契於孤懸天壤之一人也。丙子三月，門下士陳三立謹序。

清道人李梅菴詩，為書名所掩，所作不多見，陳散原之〈清道人遺集序〉中，謂：

道人既書法號近古，所為文章亦然，務摹太史公書，發舒胸臆，有所刺譏狎侮，欲以寄奇宕詼詭之趣與之合，他詩詞皆黜凡近，評跋金石書畫尤精出，然多殘帙，今……為蒐輯授印列四卷。嗚呼，道人區區所存糟粕耳，即以是揣道人一二於故紙，而其聲情操行，搴芳披藻，掩映光氣，已不可謂非千載如生之清道人者已。……

茲錄道人〈遊雞鳴寺與范季遠、夏劍丞諸君集豁蒙樓登望〉五言一首：

世危憂轉深，時喧心自涼，良辰集儔侶，遙情乘風翔。
珠簾貯輕陰，瑤席納山光，江郊霽晚氣，澄霞藹微明。
眾綠合為烟，曠望但渺茫，鍾阜疊巘崿，臺城互低昂。
頹基翳荊榛，靈宮杳森荒，坤維若旋輪，朝昏靡有常。
勝敗豈由天，淘汰固所當，相期在千載，榮悴非我傷。

陳士（可毅）所稱「臨川古體詩」，可見一斑。

五、陳衍

「同參贊詩壇軍務頭領一員：地魁星神機軍師朱武——陳衍（字叔伊，號石遺，閩縣人）。原贊云：「一鐙說法懸孤月，五夜招魂向四圍，記取年時香宋句，老無他路欲何歸。」

石遺老人和他的長兄木庵（書，又號俶玉，光緒乙亥舉人），皆以詩負時譽。木庵詩，極似楊誠齋，石遺稱其兄：

> 天才超逸，胸中不滯於物，故與摩詰、樂天、東坡為近，中間為後山、放翁、誠齋，為陸魯望、皮襲美，而終歸依於老杜。

其論詩宗旨，不以空言神韻，專事音節者為然，是其獨到處。石遺少從其兄為詩，初則服膺宛陵、山谷，戛戛獨造，迥不猶人。晚年辭北大教職，專力於香山、誠齋，詩境漸趨平澹。

光緒乙巳十一月，石遺居武昌，自刻《石遺室詩集》，自敘云：

余作詩三十年，所剩止此，所詣亦止此，乃分三卷刻之。第一卷，凡八年，多閒居及遊覽之作；第二卷，凡十有三年，多行旅之作，有歌勞之思焉；第三卷，凡八年，有悲傷之作，詩皆人亦俱老矣。此後或三四年，或五六年，或七八年，以至長辭人世，當更得一卷之詩，為第四卷，其詩未知何如。然得自放於山巔水涯，則幼時之流連景光，覽玩物華，意中有欲言而未能言者，將如獲故物，如履舊遊焉，不亦既全其天乎。

民元前後，更蒐集自咸豐初年生存之人，而為其本人所及見者無論已刻未刻之詩，但就其見聞所及，仿宋詩鈔元詩選例，輯為《近代詩鈔》，近代諸家，網羅殆盡，但也有付之闕如者，於民國十二年，在商務印書館出版。民元秋，石遺居北京，梁任公編《庸言》雜誌，石遺寫詩話，在《庸言》上刊載，襞積舊說，博依見聞，月成一卷，卷約萬言，次年回福州，寄稿偶有間斷，到民三的夏天，印行僅十三卷，所話未盡，而《庸言》卻停刊了。民四六月，李拔可為《東方雜誌》，增文苑資料，再請石遺續寫詩話，也是每月一卷，卷萬言，至十八卷而止。其時石遺應福建省當局之邀，回閩修通志，乃將前後在《庸言》及《東方》所寫舊稿，刪改合併成三十卷，定名為《石遺室詩話》，仍付商務印書館於民國十八年夏間印行，汪辟疆謂其：

> 名滿中外者，實以交遊多天下豪俊，又兼說詩解頤，所撰《石遺室詩話》，近二十萬言，妙緒紛披，近人言詩者，奉為鴻寶，則霑溉正無窮也。

日本人之學漢詩者，對石遺著述，亦多讚揚，鈴木虎雄所撰《支那文學》曾列〈陳石遺詩說〉為一章，且認為「近代支那詩派之中堅」。原贊引趙香宋（熙）句，即趙作讀《石遺室詩話》記慨，原句云：

> 故人各各風前葉，秋盡東西南北飛，今日長安餘幾個，前朝大夢已全非。
> 一鐙說法懸孤月，五夜招魂向四圍，當作楞嚴千偈讀，老無他路別何歸。

六、寶廷

掌管錢糧頭領二員：天貴星小旋風柴進——寶廷（字竹坡，號偶齋，清宗室，同治戊辰進士，有《偶齋詩草》）。原註云：「親貴中能詩者，前有紅蘭主人，近則推偶齋侍郎也。偶齋門人，多當代豪俊，鄭蘇戡（孝胥）、陳石遺（衍）、林琴南（紓）、康步崖（詠）、吳彥復（保初）尤有名。柴進在山寨中亦平平，其能為人所推許者，亦以廣收亡命濟人緩急也。」

偶齋隸旗籍而久居北方，詩名為人所具知，歷掌文衡，得士最多，與張之洞、陳寶琛以氣誼相推重，世號清流。平生脫略行檢，不拘小節，光緒壬午典試閩中，歸途納江山船妓為妾，自上書舉劾去官，遂隱居燕都。在官時喜言事，繼吳柳堂之後為同治爭繼嗣，偶齋言最切直，遂不復起用，偶齋亦無意再出。性耽詩嗜酒，又好山水之遊，所至必搜奇訪勝，留連不能去，嘗登泰岱，入武夷，泛太湖，覽金焦，足跡遍兩峰三竺間；罷官以後，日與貧交數人，並携伯富、仲富兩子，徧遊北京東西盤山、香山之間，一鍤自携，遇詩便醉，暮年屏居貧乏幾不能自存，而處之泰然，門生友朋時予資助，得錢則又買花貰酒，招友携兒，賦詩酣醉，倘徉於妙峰、翠微之間，得詩二三百首以為常，無攢眉苦咏之語，極範水模山之樂，蓋由胸懷澹泊，渾忘物我，不愧詩人襟抱也。其詩曲達黠宕，兼而有之。

石遺詩話謂：

> 余嘗謁公，公著敝溫袍，表破殆盡，棉見焉，公處之泰然，偶遊昆明湖，遇公湖上酒家，則酩酊而行跑跙矣。靈光寺為翠微山八大處之一，公幼時嘗讀書寺中，出遊輒憩，如王右丞之有輞川別業也。公詩，天才豪宕，以曲達為主，論者謂在長慶擊壤間，余謂五言近體時近右丞、嘉州，餘則香山、放翁、誠齋，近人則初白、隨園、北江、船山。長短數千首，遊山者居其七八，以《田盤》一集，尤為劖刻可喜。罷官雖清貧，而沉酣於山水友朋文字之樂者，且十餘年，妙峰、翠微、桑乾、戒壇、潭柘諸處，皆公之龍門八節灘也。冷家莊三家店廣化寺諸處，皆公之行窩也。天之位置詩人不可謂不厚，公有〈西山紀遊行〉、〈田盤歌〉，及〈七樂〉三長篇，皆一二千言，可當遊記古賦讀。

汪辟疆論詩，以偶齋詩格，在河北為別派，和平冲澹，自寫天機，於唐宋兼有鄉先正劉賓客、邵擊壤之長，在《熙朝雅頌集》則與味和堂、太谷山堂為近，語近代旗籍詩人——「偶齋高踞一席，無愧也」！

七、李慈銘

天富星撲天雕李應——李慈銘（初名模，字錫侯，後改字愛伯，號蒓客，浙江會稽人，光諸庚辰進士，有《越縵堂集》、《白華絳跗閣詩》）。原贊云：「餘事為詩竟不群，別才非學總難論，清詞合配金風長，月轉觚稜夢未溫」。註：「越縵詩在《小長蘆》、《春融堂》之間，雅潔謹飭，且書卷極多，尤熟史事。孫同康謂與兩當並雄，推為正宗，譽過其實矣。」

汪辟疆列李越縵於江左派，謂越縵：

喜讀經學，實非所長，一生學術乃在乙部。披閱諸史，丹黃滿帙，及浮沉郎署，侘傺無俚。月旦朝士，一秉恩怨，惟博聞強記，時流歎服。又以其放言高論，漸失親暱，但發為詩歌，則又辭旨安詳，聲希味永。題詠金石書畫之作，稍稍同於復初齋，要不失為雅音也。或有推為兩當軒後一人，可謂擬於不倫。

越縵身丁亂離，遇又蹭蹬，曾自言「窘於遇，而性又浮動，自信太過，平生頗喜騖聲氣，陷於匪人而不自知」。平步青亦說他：

戍削善病，獨居感憤，瑣瑣不自得……議論臧否，不輕假借。

殆狂狷之流，然其聲詩則純乎和平，不特不抑鬱牢愁，亦並不矜才使氣。題詠金石書畫自是其所長，而閒情之作，亦自然可喜。袁爽秋有〈贈蒓客〉詩：

笠簷生事查初白，草薦餘溫毛穉黃。
臞李風流故相似，卜居何日劃湖塘。

蒓客〈七居〉之作，有卜築湖塘終焉之志，詞甚映麗。《石遺室詩話》：

癸未入都，小住陳汝翼編修處，數遇李蒓客戶部慈銘，貌古瘦。讀其為某封翁所作墓志銘，散行中時時間以八字駢語，殆所謂陽湖派體也。汝翼笑言：「此蒓老諛墓之作，非百金不下筆者，吾則十金以上即售，然價廉市易，有時歲多轉多也。」時未見蒓客之詩，後得刻本，亦未細閱。識沈子培，乃亟稱其工；識樊雲門，則推服其師等於張廣雅。實則清淡平直，並不炫異驚人，亦絕去浙派餖飣之習；惟遇考據金石題目，往往精確可喜，但奇字太多……考證亦時有未確者，如題〈宋畫香山九老圖卷〉詩自註，乃云：「牛李黨者，謂僧孺、宗閔也，有以李指衛公者，誤。」不知何所據而云然。……又近聞四首，作於甲寅，乃自註云：「先是賊首洪秀全，為其下楊秀清所殺，近聞秀清亦死，則傳訛也。」然詩刻於光緒十六年，雖前已寫定，何不刊改？亦與自所云：由家及國，滄海之變故，固亦多矣，存其詩，亦足以徵閭里之見聞者，有未合乎！

八、袁昶

馬軍五虎將：天勇星大刀關勝——袁昶（字爽秋，浙江桐廬人，光緒庚辰進士，官至太常寺卿，有《漸西邨人集》）。原贊云：「太常忠義世所許，詩歌乃摩黃陳壘，渺綿聲響獨所探，光瑩奧緩相依倚。」

石遺室曾謂：

> 爽秋詩，根柢鮑謝，而用事遣詞力求僻澀，則純於祧唐 宋者。句如「日鑄半甌南埭汲，風漪八尺北窗涼」；「神禹久思窮亥步，孔融真遺案丁零」；「大千人為物之盜，十二辰蟲如是觀」。此例甚多。

汪辟疆所談近代詩派，爽秋雖著籍浙江，而以其詩實大聲宏，確與閩贛派沆瀣一氣。又以「袁氏立朝有聲，學術淹雅，……今所傳《漸西邨人集》，鬥險韻，鑄瑋詞，一時名輩，為之檢手」。

爽秋為張之洞弟子，《石遺詩話》載：

余〈送實甫之官〉詩，所謂漸西樊山舊同調，賦詩刻燭乘公餘，艱辛容易各有致，樊易叉手袁捻鬚，冰堂高足得三子，于湖牛渚悲云殂者也。袁爽秋有《于湖集》，所著書皆署漸西村舍，作詩冷澀用生典，與樊易二君皆抱冰堂弟子，而詩派迥然不同，葉損軒嘗以況《晚翠軒集》，故東谷有夫子談詩迥不群，及絕似蕪湖袁使君之句。

又云：

丁酉歲杪，爽秋觀察寄所刻叢書及所著文集，來書云：赤縣困窮，九流混濁，終當引去，重感其意，四疊與雲門偶和韻，敬以奉報，不干時事，亦無標榜，不過刺取惠書名，如〈千里之賦一塵爾〉云：

阿佟抗議記袁安，幾載烽烟失馬韓。
獅象不流金界水，魚新置鐵橋官。

虛名色目臣唐兀，異姓林牙據拔寒。
太息東溟波浪惡，嚴灘歸釣亦殊難。

經籍如今合表揚，縱橫名墨太猖狂。
術家日日占兵忌，醫匠紛紛變古方。
司馬文章皆粟帛，臥龍終始在耕桑。
那容一舸便歸去，村舍漸西烟水鄉。

二詩組織甚佳。

爽秋詩實大聲宏，垂譽當世，卻不為他老師所喜。石遺云：

廣雅相國，見詩體稍近僻澀者，則歸諸江西派，實不十分當意也，蘇堪序伯嚴詩，言往有鉅公與余談詩，務以清切為主，於當世詩流，每有張茂先我所不解之喻。鉅公、廣雅也，其於伯嚴、子培及門人袁爽秋皆在不解之列。……

〈過蕪弔袁漚簃〉則云：

江西魔派不堪吟，北宋清奇是雅音。
雙井半山君一手，傷哉斜日廣陵琴。

不喜江西派，即不滿雙井。……廣雅少工應試之作，長治官文書，最長於奏疏，旁皇周匝，無一罅隙，而時參活著，故一切文字，力求典雅，而不尚高古奇崛，其詩有云：

黃詩多槎枒，吐語無平直。
三反信難曉，談之鯁胸臆。

……故余敘友人詩，言大人先生之性情，喜廣易而惡艱深，於山谷且然，況於東野後山之倫乎。……

其言甚辯，頗為江西派張目。

九、林旭

馬軍五虎將之二：天雄星豹子頭林冲——林旭（字暾谷，福建侯官人，光緒癸巳解元，官內閣中書，戊戌被戮，有《晚翠軒集》）。贊云：「東市朝衣更莫論，棄繻才氣誤高軒，當前苦語誰能會，欬唾人天萬劫存。」

閩士能詩，而為詩壇所推重以簡遠著稱者，為林暾谷與李拔可二氏。二人少同鄉里，為文字骨肉交，詩則共嗜後山、誠齋，有時亦喜以粗語俗語入詩，如〈暑夜泛姜詩溪〉：

清溪十里幾多盤，收束將窮卻放寬。
山要攔人攔不住，側身讓過乞人看。
擊汰聲齊力未孱，扁舟催進幾灣灣。
我們冠者偕童子，只有篙師束手閒。

大家莫把仙源說，那有仙源到兩回。
昨日好山撐不近，明宵須換小船來。

〈荷葉洲雜詩〉云：

雲繞青山山繞江，一洲中著四淙淙。
登樓忽憶青龍閣，清景原來亦有雙。

〈將去大通久雨始晴治詩就畢〉云：

一春不恨不曾晴，晴去荒洲作麼生。
今日肯晴寧有意，可知天也速人行。
詩無數首敢言刪，吟到三年豈便安。

> 早日何曾知句法，旁人謂不費心肝。

可謂神似誠齋。

暾谷雖為沈愛蒼瑜慶之壻，然其家素貧，又不能惡衣菲食，時徵歌選伎，肥馬輕裘，則熱中取上第，揣摩時藝，伏案為殿體書，甲午乙未戊戌三上公車皆薦而不售，始發憤為詩，取徑孟郊、賈島、陳師道、楊萬里，苦澀幽僻，嘗與鄭海藏、葉損軒及木菴、石遺討論，自擇百十首刊之（暾谷廿餘歲，即自刊其《晚翠軒詩》），海藏以為如啖橄欖，損軒以為似袁爽秋，石遺以為春夏行冬令，非所宜。

《石遺文集》云：

> 暾谷力學山谷、後山，寧艱辛勿流易，寧可憎勿可鄙。後山學杜，其精者突過山谷，然粗澀者往往不類詩語；暾谷學後山每學此類，在八音中多柷敔，少絲竹，聽之使人寡歡。遊淮北年餘，所作則淵雅有味，迥非少日苦澀之境，方滋為暾谷喜，而遂陷不測之禍矣。

《石遺室詩話》：

〈暾谷戊戌元日江亭即事〉：

倚欄雲起亂鴉呼，黯黯西山望未無。
乍入閶虛催夕景，還連風色散平蕪。
主憂避殿當元日，臣職操兵見啬夫。
如我官閒神所笑，何祥欲問自疑迂。

是年元旦日蝕，暾谷偕友詣江亭觀音大士問籤作者，相傳籤詩中有巴蜀湘閩等字，含有四章京被禍語意，當時固不覺，而詩中主憂避殿各語，時讖分明，已見圍攻頤和園孝欽訓政景帝禁處諸兆，亦奇矣哉。

又云：

六士之難，暾谷在獄中絕句：

青蒲飲泣知何補，慷慨難酬國士恩。

我欲君歌千里草，本初健者莫輕言。

當時疾瞰谷者謂實與謀，袒之者則謂他人所為嫁名者，余謂此無庸為瞰谷諱也，但以詩論，如此倒戟而出之法，非平日揣摩後山絕句深有得者，豈能為此，捨瞰谷無他人也。

十、范當世

馬軍五虎將之三：天猛星霹靂火秦明——范當世（初名鑄，號無錯，後字肯堂，江蘇南通人，諸生，有《范伯子集》）。原贊云：「盤空硬語真能健，緒論能窺萬物根，玩月詩篇成獨唱，蘇黃至竟有淵源。」註：「陳散原見無錯〈中秋玩月〉詩，嘆為蘇黃以來六百年無此奇矣」。

范肯堂以一諸生名聞天下，久居李鴻章北洋幕府，所交多天下賢俊，而吳摯甫、湯泊述、姚叔節、王晉卿、陳散原，尤多切磋之益，晚歲抑塞無俚，身世之感，家國之痛，悉發於詩，苦語高調，光氣外溢，蓋東野之窮者也，然天骨開張，盤空硬語，實得諸太白、昌黎、東野、東坡、山谷為多。甲午客天津〈中秋玩月〉一篇，陳散原嘗嘆為蘇黃以來六百年無此奇矣，並有詩寄范云：

吾生恨晚生千歲，不與蘇黃數子遊。

得有斯人力復古，公然高詠氣橫秋。
深杯猶惜長談地，大月難窺澈骨憂。
曠望心期對江水，為君灑涕憶南樓。

《石遺室詩話》：

伯子識一時名公鉅卿頗夥，徒以久不第，抑鬱牢愁，詩境幾於荊天棘地，不啻東野之詩囚也，工力甚深，下語不肯猶人，讀之往往使人不歡。

范詩下語不肯猶人，錄如〈自諦〉一篇，語之飛動，如天馬行空，長鯨跋浪，句云：

吾嘗一日思安禪，又嘗一念遊於仙。
仙者意高廣，六合廓落然。
其來歸宿處，但冀形神全。
禪意向枯寂，厥功彌靜專。

靜中有真覺，願力至大千。
我於二道皆未學，祗以病體圖安便。
久病真如檻囚陷，頗設遐想無窮邊。
霞外珠宮那可得，雲中鶴駕無由傳。
十洲三島盡虛妄，徒見下有深深泉。
神魂散落百骸弛，欲保性命何有焉？
收拾百骸自將息，呼吸驟若遊絲牽。
徐引生氣布滿腹，群腑得職無大愆。
此時諧和與物共，有日世界純陽天。
誰何機來萬念起，俄頃乃有億變遷。
我與眾生實同道，以次現出諸因緣。
不如動植物，得性能自堅。
人為萬靈最，何術能綿綿。
所以如是得自度，而自一世生悲憐。
虎狼猶可道，蟲豸未忍捐。

陳諸割斷法，以制人繞纏。
我以哀鳴當定慧，可知於佛霄壤懸。
愚僧撞鐘諒可法，長抱此念無回旋。
口亦不辭瘁，手亦不辭胼。
血氣終能愛，肺肝無俾鐫。
正得一私淨，斯為萬覺先。

范氏為通州詩世家，近日曾克耑《頌橘廬叢稿》說：

人之出名不出名，一半繫於作品的價值，一半也因時會地域的關係，還要靠獎勵有人。肯堂的詩誠然大家，但當時若沒有吳摯甫的提倡。陳散原、姚叔節、俞恪士、夏劍丞的鼓吹，恐怕還是沒人知道，因為社會是盲目的，如果一大師之作，沒有另一大師宣揚，一般社會是不會知道的啊。

十一、周樹模

馬軍五虎將之四：天威星雙鞭呼延灼——周樹模（字少樸，號沈觀，泊園老人，湖北天門人，光緒己丑進士，官至黑龍江巡撫，有集）。原贊云：「六轡不驚揮翰手，也能恣肆也能閒，泊園詩骨知誰似，上溯遺山與半山。」註：「達官能詩，當首推泊園老人，於奔放恣肆之中，有冲遠閒澹之韻，長篇險韻，盡成偉觀。王梅評昌黎詩，所謂韻到窘來尤瑰奇者也。」

沈觀所作，清真健舉，不失雅音，其詩屬於同光體，有〈秋日同李伯虞、左笏卿、陳蘇生、陳仁先太清觀尋菊不得遂止龍泉寺〉一詩：

年芳苦未歇，人意殊未闌，及秋問花事，執手青林間。
天高雲氣淨，頓覺心眼寬，南窪叢古寺，佳樓接天壇。
峩峩太清觀，中有數畝園，客來逢霜節，落英常可餐。

去年種菊人，今隨原草乾，徑荒無一枝，瓦盆堆廢欄。
人花兩凋零，觸境空長歎，回車就僧話，語笑驚阿蘭。
懸壁富名蹟，擺落如籠鸞，當時固有聞，紙墨今尚完。
名聲託文字，歲久終缺殘，鐘梵動潮風，落葉已如彈。
使我結習除，不逐時悲歡，暫遊獲靜坐，且就僧牀安。

音節極亮，的是傑構。

《石遺室詩話》：

沈觀詩，舊有刻本兩冊，辛亥後不復行世。寓滬數年，而所作日工，余所見殆百十首，今檢篋中，不及十之二三矣。

錄其辛亥後所作數首：

〈早春和眾異〉：

又當草長鶯飛日，隔歲池臺尚我春，已老未衰翻自喜，相知最樂況方新。
嬉遊無分遭平世，今昨俱非懺此身，強說阿婆塗抹事，花枝冷笑白頭人。

〈涼夜〉云：

禿鬢修髯何許人，壁燈明暗影隨身，非仙已自經千劫，聞道知猶隔幾塵。
夜靜忽驚飛雨過，秋涼還與敝袍親，魯齋學派遺山史，世俗流傳恐不倫。

〈泊園杜鵑花索海上諸老同賦，用望帝春心託杜鵑句為韻〉，其三云：

老嬾斷百戀，偏於花有因，猩色三兩株，伴此槁木身。
眾芳各自萎，一室仍我春，璀璨牆壁間，映日特光新。
蓄花越數年，花亦如故人，長感未可期，相守情彌親。
癖花人謂迂，惟迂始得真。

〈老境〉云：

老境如行路，經過始自知，一節山曲處，雙楫海枯時。
夜漏醒殘夢，春花發故枝，前塵從斷滅，何有未來思。

〈齋中臥雨〉云：

夢裡不知春去半，晝簾香燼雨如秋，煙村桃杏寒無語，霧市蛟龍晝出遊。
囊括尚餘三寸舌，花開已白五分頭，門前剝啄訊來客，多是中朝舊輩流。

〈和樊山〉云：

夢後春明認舊都，一杯相屬酒家壚，適驚苦筍催歸老，愁把新花對故吾。
臃腫有時為伴侶，癡聾自視已翁姑，浮雲世事誰能料，但問鵝生四腿無。

十二、樊增祥

馬軍五虎將之五：天立星雙鎗將董平——樊增祥（字嘉父，號雲門，又號樊山，又號天琴，湖北恩施人，光緒丁丑進士）。註云：「天琴老人詩，整密工麗，能取遠韻，詩篇極富，合長慶、婁東為一手，晚年尤恣肆多奇豔，亦猶風流雙鎗將，有名於山東河北間也。」

辟疆論近代詩派，以樊山詩為湖湘派之別子，而詩名則在湘派諸家之上，良以專學漢魏、六朝、三唐至諸家已盡，不得不別闢蹊徑，為安身立命之所，轉益多師，聲光並茂，則別有過人者矣。又謂：

樊山胸有智珠，工於隸事，巧於裁對，清新博麗，至老弗衰，迹其所詣，乃在香山、義山、放翁、梅村之間，惟喜摭僻書，旁及稗史，刻畫工而性情少，采藻富而真意漓，千章一律，為世詬病，斯又賢智之過也。

所論甚為恰當。

《石遺室詩話》謂：

樊山生平以詩為茶飯，無日不作，無地不作，所存萬餘首，而遺佚蓋已不少矣。論詩以清新博麗為主，工於隸事，巧於裁對，見人用眼前習見故實，則曰：此乳臭小兒耳。萬餘首中，七律居其七八，次韻疊韻之作尤多，無非欲因難見巧也。安石、碎金、樊榭、冬心諸家視之，當羡其沈沈夥頤矣。

又云：

樊山詩才富有，歡娛能工，不為愁苦之易好，余始以為似陳雲伯、楊蓉裳、荔裳，而樊山自言：少喜隨園，長喜甌北，請益於張廣雅、李越縵，心悅誠服二師，而詩境並不與相同，自喜其詩，終身不改塗易轍，尤自負其豔體之作，謂可方駕冬郎，《疑雨集》不足道也。嘗見其案頭詩稿，用薄竹紙訂一厚本，百餘葉，細字密圈，極少點竄，不數月又易一本矣。余輯有《師友詩錄》，以君詩美且多，難於選擇，擬於往來膾答諸作外，專選豔體詩，使後人見之，疑為若何翩翩年少，豈知其清癯一叟，旁無姬侍，且素不作狎斜游者耶。

華亭姚鵷雛評近代詩派，曾謂：

張廣雅嘗謂：「洞庭南北有兩詩人：壬秋五言，樊山近體，皆名世之作」。樊山早歲為袁隨園、趙甌北，自識廣雅相國，乃悉棄去；及從李蒓客遊，頗究心於中晚唐，吐語新穎，則其獨擅，龍陽易實甫固能為元、白、溫、李者，於是中晚唐詩，流傳頗盛，大抵二人少作雋妙，過於近詩，樊山名句如「秋千幾架酴醾雪，款段一鞭楊柳風」、「井桃澹白清明雨，水柳輕黃上巳天」、「窗臨鴨綠三篙水，門掩來禽一樹花」，似此類者實多。

樊山為詩，極以取難見巧自詡，如：

奇外出奇青勝藍，韻從同紐字中探，瓦當當硯松煙積，羽扇扇茶雪浪涵。
鈿合藏金金鎖鎖，白花如玉玉簪簪，藝林都識樊山派，繡人詩龕我亦堪。

十三、陳曾壽

馬軍大驃騎兼先鋒使八員：天英星小李廣花榮——陳曾壽（字仁先，號蒼虬，湖北蘄水人，光緒癸卯進士，官監察御史，有《蒼虬閣詩》）。註：「仁先為太初裔孫，詩屢易其體，近更出入昌黎、東坡、半山、遺山之間，能拔戟自成一隊，散原、恪士、寐叟皆亟稱之。」

太初陳沆（號秋舫，有《簡學齋集》）為道咸名家，體兼唐宋，清拔澹遠，富有理致，每於詠嘆之中，時寓憂勤之感。仁先為太初先生之曾孫，詩學自有淵源，早年亦為選體，繼乃學玉溪。辛亥國變以後，流寓滬濱，乃自託黃冠，時有夢斷觚棱之感。汪辟疆稱：

> 蒼虬閣集，兼有杜陵、玉溪、致光、臨川、東坡、遺山、道園之長，蓋晚而益工者也。

又云：

蒼虬詩與閩贛派沆瀣一氣，與陳散原互相推重，攻錯尤多，其淵源肸蠁相通者乎。

陳石遺對蒼虬亦極推許，《石遺室詩話》稱其：

少時抗希騷選，唐以下若無足措意者，別去數年，出所作，則古體雄深雅健，今體俳惻纏綿，肆力於昌黎、義山、荊公、山谷者已深，所謂韓豪李婉王道黃奇，仁先已有詩自道所祈嚮矣。近年屏居西湖，築陳莊於蘇堤第一橋間，時出遊江南名山水殆徧，詩稿如束筍，惜未盡錄。

按：仁先弱冠登甲乙科，為部郎，以言官待補，經濟特科列高等，能為經濟家性理家言，光宣間公卿大臣多器重之，而不甘利達，不樂高職，恥與同時少年並驅先登，獨肆力為悽惋雄摯之詩，始為漢魏六朝，筆力瘦遠，陳石遺嘗慮其矜嚴而可言者寡，意有未足，三四年後，相見京邸，出所作則向所矜慎而不敢遽即者也。石遺嘆云：

詩者荒寒之路，羌無當於利祿，仁先精進之猛，乃不在彼而在此，可不謂嗜好之異於眾歟！……滄桑後，君方踰壯，避地海上，遂有終焉之志，太夷、散原、樊山、乙庵輩賢人所聚，蓋比於楊鐵、倪迂、金粟、梧溪、龜巢、海巢、貞居之倫矣。

仁先論詩極有獨到處，嘗云：

杜詩但覺高歌有鬼神，焉知餓死在溝壑，已極沈鬱頓挫之致矣，更足以相如逸才親滌器，子雲識字終投閣二語，此是古人拙處，即是古人不可及處，漁洋不能解此，宜其小成就也。

又云：

春風舉國裁宮錦，半作障泥半作帆，何等恢麗？首句以不戒嚴三字起之，嚴重之至；又承以誰省諫書函五字，樸質之至，古人之詩如是，否則可入小倉詩話矣。

又云：

讀蘇詩有悟以極邊際之語，達極圓滿之理乃妙，否則如程邵之作，不免腐氣；且正面說理，並不能圓滿。

十四、曾習經

天佑星金鎗手徐寧——曾習經（字剛，號蟄庵，廣東揭陽人，光緒庚寅進士，官度支部右丞）。註：「蟄庵詩工力最深，能由後山上溯玉溪、少陵」。

蟄庵五言古工為選體，近體詩則出入唐，雄直之外，亦有「濃至」之稱，占籍嶺南，而略近於閩贛派，蓋久居京國，與閩贛詩人投分較深，思迴旨遠，質有其文，與嶺南諸家風格稍異，蓋自闢蹊徑者也。

壬子八九月間，蟄庵有所讀書題詞十五首，實為論詩絕句，每首並有自註，錄之亦足見其歸趨也。

〈穆天子傳〉云：

黃竹三章悔可追，周家仁厚有流遺。

君王寡樂吾真信，不待歸途哭盛姬。

註：我祖黃竹三章，眷念民瘼，其詞甚哀，又繼以自數其過，此周家仁厚開基之效也，穆王此節，便應獲沒祇宮，雖有徐偃，其不足以搖天下、明矣，然於此見當日遨遊，實鮮樂趣，非止居樂甚寡也。

〈曹子建集〉：

雅怨兼深見性情，交親不薄涕縱橫。
君王故有憂生嘆，未覺中和始可經。

註：子建沉摯，敦於性情，鍾記室謂情兼雅怨是也，昔王弇州讀謁帝承明盧，便回環往復百數十遍不可休，予於初秋涼氣發一篇亦然，每至子其寧爾心，交親義不薄，蓋不知涕之何從也。

〈謝康樂集〉云：

漫道凡夫聖可齊，不經意處耐攀躋。

後人率爾談康樂，且向前人學製題。

註：康樂詩記室贊許尤矣，至其製題，正復妙絕今古，倘張天如所謂出處語默無一近人者耶？柳州五言刻意陶謝，兼學康樂製題，如〈湘口館瀟湘二水所會〉、〈登蒲州石磯望江口潭島深迴斜對香零山〉等題，皆極用意，惜此旨自柳州至今無聞焉爾。

〈謝宣城集〉云：

漢樂玄言餘晉法，宣城麗句啟唐風。

馬駒踏殺倘成讖，後代終輸臨濟雄。

註：玄暉風華明豔，實開唐格，當時鍾記室即稱至為後進士子所嗟慕，至其名章秀句，有唐一代沾溉不絕，不止太白再四稱服已也，大謝則終唐世，只柳州一人問津，他無聞焉，譬之禪宗，不幾讓臨濟獨盛耶！

〈柳河東集〉：

不安唐古氣堂堂，五言直逼華子岡。

後人未識儀曹旨，只與時賢較短長。

註：柳州五言，大有不安唐古之意，胡應麟只舉南磵一篇，以為六朝妙詣，不知其諸篇固酷摹大謝也。

〈初唐四子〉云：

梁陳藻麗入唐初，四子雍容語甚都。

沈宋王岑誇格韻，若論絢素此權輿。

註：初唐四子承六代藻麗之製，陳杜沈宋繼起，乃漸工體格，至王孟岑高，加以神韻而已，椎輪之功，四子不可沒矣。

〈陳杜沈宋集〉：

陳杜精思沈宋才，有唐詩格此胚胎。
問年三百饒於律，坐見諸賢揖讓來。

註：胡元瑞以為有唐一代，律有餘古不足，歸咎於文皇帝京篇，不知當時既以詩賦為制科，則拘限聲病專攻體格，勢必至矣。四家者，實唐詩格調之祖，少陵必簡孫，乃集一代大成，楊誠齋所謂三世之後，莫之與京也。

〈元次山集〉云：

沈憂涉世言幽約，狷介為文氣苦辛。
若信杯樽足藏酒，酣歌猶是太平人。

註：唐文蹇澀，極於樊宗師，開其先者次山也，然次山究為雅正，其所編《篋中集》，如沈千運、孟雲卿等六七人，咸與次山同聲氣，蓋於唐古中自為一格，非盧玉川、馬河南比也，皇甫持正心儀次山，而以其碎為可惋，不知次山固自成為一種狷介文字也。

〈王右丞集〉：

慚皇官職偶同公，寥落千年悵望中。

但得晚來修白業，不妨文字馬牛風。

註：余官右丞日，何翽高以詩戲之曰：此真詩人官職也，自愧文質無底，何敢比輞川，特以夙敦禪悅，於公良有同情，萬一他時有會處，則某甲雖不識一字，要須還他堂堂地做個人。

〈岑嘉州集〉：

兼工眾體盛唐時，屈指王岑有定辭。

強與較量聊舉似，玉階仙仗早朝詩。

註：盛唐眾體皆工，數右丞嘉州，早朝詩岑尤特絕，元瑞欲推右丞，余未許也。

〈韋蘇州集〉：

少年卓犖頗經奇，老去為文多素詞。
我愛齊梁遺製在，凝香畫戟郡齋詩。
註：蘇州少作多豪縱，餘清澹似張曲江，晚學陶，世稱韋柳，其不及柳州者，少一峭耳。然郡齋燕集一篇，固與儀曹南礀爭俊也。

〈玉川子集〉：

水北水南起隱君，玉川破屋老攻文。
孔經自信衣裳在，惜哉盧傳今無存。
註：許彥周言：春秋盧傳，僕家有之，今亡矣，辭簡而遠，得聖人意為多，是盧傳宋時猶存，今真不可見矣。孔經在衣裳，玉川自信之語，迹其終身固窮，於道當有所得、退之數千時宰，猶嫌燥追，無怪其不敢窺涯涘矣。

〈昌黎詩鈔〉云：

平生選本不掛眼，偶愛茲編亦大奇。

親與線裝完一冊，迹來閒卻已多時。

註：余向不愛選本詩文，頃偶於地攤上，買昌黎詩鈔一冊，親與裝線，不覺失笑。

〈譚友夏集〉：

次山有文碎可惋，東野佳處時一遭。

颼下甜瓜栽苦瓠，楚風當日亦心勞。

註：竟陵公安為世所斥，然明自隆萬以降，摹擬剽竊，流弊萬端，楚風一倡，遂變為詭俊纖巧文章，與世運升降，蓋至是而明業亦衰焉。至其小品文字，間亦冷雋可觀，又不容概沒矣。

其第十五首為〈讀陶靖節桃花源記〉，因與論詩無涉，不錄。所錄十四首中，多甘苦有味之言，子建憂生，次山狷介、左司豪縱、玉川固窮，陳杜格調胚胎，王岑兼工眾體，禪宗獨盛於臨濟，白業悵望於千秋、契合深微、如聞慨嘆，至於三章黃竹，動地哀聲，旨雖本於玉谿，論能翻於謀父，皆有見識。

十五、沈瑜慶

天暗星青面獸楊志——沈瑜慶（字愛蒼，號濤園，福建侯官人，光緒乙酉舉人，官至貴州巡撫，有《濤園集》）。註：「愛蒼詩，熟於史事，結束精嚴，正陽一集，尤多名作。」

光宣間，閩中詩人為詩壇所重者，沈濤園詩有「駿快」之稱。陳石遺云：

吾鄉同輩之為詩者，又有沈愛蒼撫部瑜慶，林琴南孝庭紓，皆不專心致志於此事，然時有可觀者。愛蒼號濤園，以二百四十萬錢，買福州城內烏石山甌香許氏舊濤園，為其父文肅公祠。園有古松，故以濤名。余識濤園時方總角，行坐誦吳梅村詩，庚子山〈哀江南賦〉，忽忽四十年，其子女皆受業於余，重以姻婭，曾出資為余刊《元詩紀事》。見人佳文字，輒咨嗟歎賞不自己；親炙知名士，如蟻之附羶；有左癖，作詩文未有不撦撏及之者。此外，則施注三合注蘇詩，圈點數遍，動以自隨。古體詩，才筆自喜，雖用蘇法，亦不盡然，往往序長於詩，時與元末王逢《梧溪集》，周霆震《石初集》，張憲《玉笥集》相彷彿。余序君《正陽集》曾言之。

所謂之《正陽集》，為愛蒼榷鹽淮北正陽關時，以旬月補綴舊題，成詩二三百首，彙為一集，名曰「正陽」。其中名作甚多，陳石遺最喜其〈懷朱軍門洪章〉一首，謂最妥帖排奡。此外如〈哀餘皇〉敘甲午之敗，痛闢淮楚諸將所稱闞將不可用，海軍難辦之言，詞至沉痛，以及〈讀舊唐書裴晉公李衛公傳〉各一律，〈詠史寄虞山師〉七首，均有議論。〈題崦樓詞卷〉則哀其女夫林旭之作，句如：

婚嫁願初了，吾欲老邱樊，志業既不遂，矧乃眾論喧。
勞生昵兒女，息影求田園，邂逅記當時，年少王公孫。
詞女得所適，食貧宜清門，名聲忌藉甚，論詩眈鈍根。
書叢恣瞑想，置筆窮涸藩，一朝忽舍去，肝膽奉至尊。
論思任親切，旬日看翔鵷，士論謂庇主，子弄疑推袁。
諸侯誣萇叔，太學訟陳蕃，成仁他弗恤，群吠安足論。
詩卷留天地，千秋晚翠軒，勁節耐冰雪，忠魂泒天閽。

崦樓絕妙詞，合校聲暗吞，酬子瞰名意，空舲啼哀猨。
須臾忍性命，待子理覆盆，抑情更感逝，腹痛能無言。
鍾山那子翁，晚歲彌溫存，結構法明年，突兀懸江村。
老夫謀少憩，精衛方銜寃。

辛亥鼎革，愛蒼自黔歸，有〈至滬呈子培、伯嚴、樊山、節庵〉四首，錄其一、三云：

高層擁被幾多時，下界人來漫與之，念我生還頻問訊，喜君作健老耽詩。
十年前事從庚子，一月流光送義熙，丈室降魔鬥千勝，金剛努目要支持。

社飯明年念老身，艱危定策失勞臣，亡羊我與君無策，得鹿醒疑夢是真。
履道為墟同傳舍，月泉重集共酸辛，九原倘起梁公問，厝火誰遺曲突薪。

末句則有忌於袁世凱也。

十六、左紹佐

天空星急先鋒索超——左紹佐（字笏卿，號竹勿，湖北應山人，光緒庚辰進士，官廣東雷瓊道）。註：「竹勿與泊園倡和極多，詩在昌黎東坡之間。」

竹勿詩，清真健舉，不失雅音。《石遺室詩話》：

左笏卿兵備，周少樸撫部，皆常與陳仁先唱和者，笏卿有〈同沈觀蒼虬遊天寧寺〉云：

天寧我屢來，茲遊特蕭爽，開軒望西山，白雲如鶴氅。
萬籟已笙竽，松風振奇響，時聞妙香至，前廊丹桂兩。
浮圖矗其南，不知幾十丈，下有孤鳥翔，極視入蒼莽。
昔傳有光怪，倒影散窗幌，常思伺靈境，異事徵惚恍。
槐柏六七株，翠葉參天上，知非百年物，老態成崛強。
鬱鬱虬龍姿，自帶風煙長，經閱幾遊人，視我猶襁褓。

金色見如來，植立示一掌，山河滿大地，世界何修廣。
誓度离劫人，豈曰非非想，我方讀楞嚴，自笑落塵網。
炊沙諒難成，苦搔不著癢，那能通寂照，一旦袪疑罔。
日腳白晶晶，秋暉下平壤，昏鴉亦投林，嘶騎動歸鞅。
夕磬何冷冷，悟悅足心賞。

笏老極喜余詩，去年匆匆相見，未暇讀近作，憶舊所見於仁先處者，傑構亦不止此也。

民初諸遺老，集寓滬濱，垂老景光，棲心琴硯，各組詩會，月一再會，互出新詩，以寄岑寂。竹笏與周少樸等亦組有秋社，陳仁先詩所謂「昔從周左為秋社」也。石遺旅燕時，亦有春社之集，每邀樊山、竹勿、沈觀、絅齋、實甫諸人，人各有詩。竹勿詩云：

東城最深處，閩客此為家。
略有園林意，小桃新著花。
邀人作春社，把盞酌流霞。

絅齋（黃紹箕）詩記敘尤詳，云：

樊山大師已先至，巍然一老蘭陵儒。
泊園健者筆更健，識度敻曠騰高衢。
竹勿老人與飇舉，龐眉不帶煙霞癯。
三年社幟樓海曲，我亦扅扃追履絇。

三年句即指秋社也。石遺云：

笏卿每作，常議論風生，穿穴處無意不搜。一日在樊山處，出觀所藏唐麟德殿硯，同人約作韻詩張之。硯長周尺八寸，寬四寸，高寸餘，背橫刻麟德殿三字篆文，中刻賜太清宮道士楊弘元九字，右側面刻開成二年開國侯白居易恭記等字，左旁低處刻領山南西道李德裕敬觀等字，額刻宋道君花押，左側刻香山太傅硯五字。弘元不知何許人，笏卿謂弘元或白公妻族，以硯移贈。而白集有楊弘貞其人，或弘元兄弟，則考古得閒，令人不覺首肯。……竹勿所作中謂「弘元或妻族，硯儻由此致，前後長慶集，不見弘元名，有楊弘貞者，豈其元弟兄」云云，石遺讀之，深嘆搜羅之精，並有句：「……當時此硯得拜賜，研朱點易乎不頗，未幾卻入履道宅，笏老推測當非訛」也。

十七、趙熙

天捷星沒羽箭張清，趙熙（字堯生，號香宋，四川榮縣人，光緒庚寅進士，官至御史）。註：「堯生詩，蒼秀密栗，成之極易，其遣詞用意，見者莫不以為苦吟而得，實皆脫口而出者也。石遺、昀谷咸推服。張清一日連打十五將，日不移影；堯生有此神速。」

陳石遺編輯《近代詩鈔》，對趙詩採集頗多，曾謂：

堯生詩才敏捷，下筆百十韻，或數十首立就。造詣在唐宋之間，所作不下二三千首，每首必有精卓不猶人語，余嘗以為能兼其鄉人文與可、唐子西、韓子蒼所長，而隨手棄斥，多不存稿，今相去萬里，音問數年不達，搜集只得此數矣。

汪辟疆列趙熙為西蜀派，並云：

趙堯生侍御，蚤居京國，文章氣節與江杏邨、胡漱唐、趙芷庵相同，故京國游宴，投分亦深，壬子改物，乃息影蜀中，詩學湛深，對客揮毫，自饒逸致，與石遺、昀谷，倡和尤多。生平虛懷若谷，《石遺詩集》，類能成誦，不數翁復初之於錢籜石也，返蜀以後，每以詩筒問訊故人，情文兼至，讀者感泣。石遺敘其詩云：「堯生詩疑若鎚鑿甚力，而為之則甚樂而易，清奇濃澹，靡不備也」。又云：「堯生古體有似文與可、韓子蒼而甚肖蜀中山水，余雖未至蜀，固可由少陵、玉溪、山谷、劍南之狀蜀中山水者知之也。堯生好遊，足跡所至，泰岱、嵩高、伊闕以及吳越平遠秀麗之區，然其遊峨眉最久，居京師思之不已，宜其所為詩載蜀山蜀江之青碧而出也」云云。詩人每與地域山水相發，石遺所言，足資相證。

石遺與堯生交知之深，有可言者，宣統庚戌、辛亥間，京朝官方以結社為樂，題詠遊覽之作最多，堯生之作，多揮斥而成，無攢眉苦吟之態，或有議其詩者，以為沙石並下，不無未遑淘汰而涵澄者，石遺獨謂：

堯生蜀人也，蜀中山水劖刻，所生詩人若伯玉、太白、東坡所為詩不甚似其山水，其似者轉在寓公游客，為少陵、玉溪、山谷、劍南諸人，豈前數人者，生於蜀多宦游四方，故蜀中之詩少，後數人者，宦游其地而詩多歟。然文與可、唐子西、韓子蒼，皆蜀中詩人之著者，亦皆宦游四方，其詩則與後數人相近，今堯生古體，極似與可、子蒼，而有時恣肆過之，近體極似子西、與可，亦有似子蒼者，而甚肖蜀中山水」云云。己酉重陽，陳趙天寧寺荒臺登高，携酒對飲，石遺有詩云：

趙公健遊者，萬里下峨眉，隨意登高去，聊紓作客悲。
廢臺遲落木，衰鬢短交期，只有源源醉，多為數首詩。

堯生詩才之捷與所作之多，石遺亦屢言之，絕不以沙石為慊也。

堯生生於清同治六年丁卯九月，卒於民國三十七年九月，享世壽者八十一歲，他自光緒十六年會試成進士，旋授翰林院編修，轉江西道監察御史，辛亥年疏劾盛宣懷向英美德法四國借款築路案，直聲丕著。在此之前，曾先後為東川書院、川南書院山長，詩詞書法，並為世所推重，於小學古文亦有精研，自言「三十以前學詩，三十後專治小學古文，近五十歲又學詩。」

民國成立後，政制變更，遜朝仕宦，解脫簪組，自然而然地退居鄉里，以遺民自視，人亦以遺老目之，歷代改嬗之際，例此者甚多，不必其皆為「殷頑」也。堯生於鼎革後回川，《石遺室詩話》載：

> 壬子後，堯生自滬歸蜀，寄居重慶，幾陷不測，又次年，歸榮縣，憂患離索之餘，愈視友朋如性命，寄詩多首代書，使余分致諸故人，語意沉痛，皆從肺腑中迸出，非薄俗輕儁之子所能勉託也。……〈上任父〉前四句云：「無名死近不才身，一髮餘生賜老民，寡識送將禰處士，反騷留得楚靈均。……」即言癸丑重慶之亂，有假託君名肇事者，幾被連及，任公諸人營救乃白也。反騷用得有趣。〈知昀叟近狀百感作寄〉云：
>
> 並無歸路到禪關，獨影棲棲燕市間。
> 講肆為生通馬隊，歲寒留約斷巴山。
> 佳兒已解應官未，舊侶同嗟得食艱。
> 莫唱秋墳聊近酒，老來還泊落星灣。
>
> 首二句言昀谷躭禪寂，而未得安身立命之地，三句謂其掌教縣知事傳習所，四句謂昀谷四川郡守，終未到省也。〈懷畏廬叟〉中四句云：

一飽一餓留命在，古心古貌立人間。
遺民汐社偕陳鄭，列國虞初鑄馬班。……

〈寄叔海先生〉末四句云：
我歸故里如羈客，人指中華賸酒徒。
幸入青山無片屋，免教賣婦貼官租。（自註：國民供億之苦，財政貴人不知也。）

而讀之使人累欷者，莫如〈讀石遺室記慨〉云：
故人各各風前葉，秋盡東西南北飛。
今日長安餘幾箇，前朝大夢已全非。
一燈說法懸孤月，五夜招魂向四圍。
當作楞嚴千偈讀，老無他路別何歸。
又〈上石遺叟〉前四句：
我自入山無出理，計難相見只相思。
長安如日夢不到，前歲傳書今始知。……

「老無他路」句、「我自入山」三句，真沉痛矣。……乃令大兒聲暨代報一律云：

真詩直遣千回讀，補盡書中不盡詞。
已共林花驚聚散，各憑樽酒自維持。
篇篇急就翁差放，字字艱辛子獨知。
五夜一燈萬里路，互招魂魄續交期。

民國廿五年，石遺游川，堯生在烏尤候晤，二老久別相逢，唱酬特多，共登峨嵋華嚴頂始別。次年秋，石遺死於福州，堯生有詩哭之甚哀（詩長不錄），生死交情於茲可見。

十八、梁鼎芬

天滿星美髯公朱仝——梁鼎芬（字星海，亦作心海，號節庵，廣東番禺縣人，光緒庚辰進士，官至湖北按察使）。註：「梁髯詩極幽秀，讀之可令人忘世慮，書札亦如之。」

嶺南詩學，以雄直見稱，梁節庵詩，於雄直之外，清蒼幽秀，接近於閩贛派，而自覓蹊徑，則以久居京國，與閩贛諸人，投分較深，思深旨遠，質有其文，即友朋箋問，文采亦復斐然。其詩格調，與半山、東坡為近，稍及於杜、韓，中歲碩腹長髯，人以梁髯稱之，而詩筆婉麗，不類其人，晚年殊多憤悱噍殺之音，陳散原所稱「攄託千篇，蟬幽蟄蛩」者也。辛亥後，種樹崇陵，彌深故國之思，民國八年卒，死前手自摧燒其詩文稿，遺言：

> 我生孤苦，學無成就。一切皆不刻，今年燒了許多，有燒不盡者，見了再燒，勿留一字在世上，我心悽涼，文字不能傳出也。

其情緒可見。

《石遺室詩話》：

節庵少入詞林，言事鐫級歸里，又避地讀書焦山海西庵，肆力為詩，時窺中晚唐及南北宋諸名家堂奧，佳處多在悲慨、超逸兩種，如：「興往思友生，悲來涕山川」、「到門驚老大，臨水與徘徊」、「兩湖舊種應成果，他日重逢莫問年」、「才見一筵笑，俄分百里天」、「千齡一日積，此日誠艱哉」、「百年紅燭短，一水夕陽深」、「花前絮後無人在，檢點青苔月色昏」、「一水飲人分冷暖，眾花經雨有安危」、「聞鶯未識誰家柳，臨水難回少日顏」、「漸與世疏詩筆放，偶緣春好酒杯寬」、「事過百年人始貴，我無一物意還多」諸聯，皆可入主客圖者。全首如〈窪尊煙雨圖〉、〈傷春〉、〈全亭晚坐〉、〈荷花畫絹〉等綿邈豔逸，至〈哭鄧鴻臚〉、〈種花〉、〈閻公謠〉諸作，則雄俊矣。

節庵年廿二入翰林，廿七以奏劾李鴻章罷官，集中如〈書憤〉：

犬夷有意敢侵陵，欲往縛蛟無此罾，百口不諧非所懼，四肢得放竟誰懲。
至尊憂憤復廷議，使相從容許歲繪，一表草廬長未達，本來澹靜臥龍能。

及〈上封事作〉中：「僉曰相公天下才，……今知所用皆優俳，時平如虎危如蛙。」等語，罵煞合肥。〈出都〉中之「此日觚稜猶在眼，今生犬馬恐無期，白雲迢遞心先往，黃鵠飛騫世豈知。……」皆可見。在焦山讀書，與王可莊（仁堪）資助最多，詩中亦多及之，至〈荷花畫絹〉：

縹渺秋江絕世姿，玲瓏湘管斷腸時，紅蘅碧杜長相憶，玉露金風要自持。
欄檻有人傷畹畹，衣裳在水寫參差，綠波驕盡芙蓉色，朝攬峨眉諷楚辭。

與〈種花詩〉中「有山不得隱，有家不得還」、「佳人跨紅鳳，絕世而獨立」，蓋家與國之恨深矣。節庵早年所作《節庵集》四卷，由其中表龍鳳鑣所刊，歿後龍遊余紹宋亦有搜刻，卷葹老人張魯恂（昭芹）八十歲時曾合龍、余所輯並《節庵遺詩續編》並刻入《嶺南四家詩》中。

散原老人曾為《梁節庵詩》作序，謂：

梁子鼎芬，選刊所得詩，為二卷，曰：「姑以相娛也。」始梁子官編修時，發憤彈大臣，黜罷年二十七耳，吾心壯之，後相見長沙，形貌論議，稱其所聞，而頗欲梁子斂抑意氣，以究觀大道之原，去所偏蔽，而偕之大適。已而，梁子棄鄉里，獨居焦山佛寺三四年，所學果益異。客江夏稍久，又得觀其所為詩歌，幾六七百篇，其勤如是，私怪梁子方博綜萬物，考攬古今之大業，顧亦習華文，耽吟弄，效詞流墨客之為耶！且夫天之生夫人也，蘊其志焉，又植其才焉，志盛則多感，才感則多營，多感多營，而必蘄有以自達，古之人皆然，當是時天下之變，蓋已紛然雜出矣，學術之升降，政法之隆污，君子小人之消長，人心風俗之否泰，夷狄寇盜之旁伺。梁子日積其所感，所營未能忘於心，幽憂徘徊，無可陳說告語者，而優閒之歲月，虛寥澹漠之人境，狎亘古於旦暮，覿萬象於一榻，上求下索，交縈互引，所以發情思，蕩魂夢，益與為無窮。梁子之不能已於詩，儻以是歟？儻以是歟！雖然梁子之詩既工矣，憤悱之情，噍殺之音亦頗時時呈露而不復自遏，吾不敢謂梁子已能平其心，一比於純德，要梁子志極於天壤，誼關於國故，掬肝瀝血，抗言永歎，不屑苟私其躬，用一己之得失進退為忻愠，此則梁子昭昭之孤心，即以極諸天下後世而猶許者也。梁子嘗堅余皓首偕隱之約，余竊薄朽散，不堪效尺寸之用，世無智愚，得睨而知之，梁子刻意厲行，且勤求當世之利病，宜非余比。然今日之建賢選能，立事就功，風尚固殊焉，士信不可棄，復不稍貶所持，曲折以就其繩格，即愈厭斥之不暇，日邁月征，徙倚天地，為恐梁子之詩，將益工，且多行交譏，梁子不幸，終類於余也。梁子於詩，喜宋王蘇氏，亦喜歐陽氏，遂及於杜韓云。

末數語，對於節庵詩學詩功，論述頗切，及節庵逝世，散原復為文以祭，句如：

……

運殊道久，憂患銷精，俄傳不疾，臥枕作魔。……

盛暑皃還，附札見抵，舉腕強書，攲傾滿紙，

心躍意癡，庶幾無死，孰謂飛霆，碎落鐙几，

覆視遺墨，魂親尺咫。……

坐黜儒俠，飄影江湖，焦巖養蟄，攄託千篇，蟬幽蠻嘒。……

武昌之樓，金陵之館，倒腸酣嬉，飛吟引滿，
頻對涎尺，擁噉大臠，紀事留題，隕泣濯盥，
轟吐談舌，震電舒卷，辟易一世，斥彼婉孌，
孤注自憙，微鄰剽悍，矜氣害道，徇予砭短，
念亂傷離，峙懸餘喘。……

亦力作之什也。

十九、俞明震

天微星九紋龍史進——俞明震（字恪士，亦作確士，號觚庵，浙江山陰人，官至甘肅提學使，民初為肅政史，謝病歸，有《觚庵集》）。註：「恪士詩在柳州、簡齋之間，紀行詩尤多可誦。嘗言：詩人非有宏抱遠識，必無佳構。頗為至論。詩見道語極多，王伯沆乃頗訾之，立論固不必強同也。」

恪士以浙籍詩家，與閩贛派較多攻錯，承同光風尚而沆瀣一氣，又歷少陵、嘉州所歷之地，能為少陵、嘉州所為之詩。陳石遺云：

余初識恪士於京師，格士留詩一冊於弢庵處，使余評定，余未之見也，惟聞其詩，清而未厚，度隴後所作，則工力甚深，蘇堪所謂「得杜味」者。君吟甚苦，自言成一詩，或至終夕不寐，甚且病眩，故所作不多。

石遺在所著詩話中又云：

與恪士別數年，去年復得相見，始盡讀其十數年來之詩，共一厚冊，屬為評定，蓋由王孟而進規老杜者，恪士多靜者機，訥於語言，淡遠處從苦吟而出，非漁洋時帆之貌為淡遠，度隴後，則七言古詩，得杜法。今年復示余近作數紙，經蘇堪圈點者，後題八字云「雋語易得，杜味難得」。余謂「杜味」二字至當，余前所見者用杜法，今所見者得杜味也，如〈歲暮園居雜感〉云：

漸喜知聞斷，閉門各一天，還家仍獨客，亂世有餘年。畦菜經霜碧，江魚入市鮮，老夫惟果腹，無酒亦陶然。（其一）

稍見通錙貨，殘年米價平，月圓知漢臘，巷哭有驕兵。帥府徵歌舞，遺黎算死生，出門流水斷，愁絕一冬晴。（其二）

「還家不親」二聯，自是杜陵語也。

恪士死於民國七年戊午十月，逝後，散原老人取其詩草，審訂為若干卷，彙為《觚庵詩集》，並為之序云：

戊午夏及秋之交，余病血下泄，觚庵亦臥病滬濱，皆幾死，其九月，觚庵遽脫病來視余，留十餘日而去，逾一月，自滬之湖上，復暴病，竟以不起，走哭還取其生平詩草稿，審訂別為若干卷，付刊印。觚庵少年能詩，自矜重，通籍浮沉輦轂間，後官江南官贛官甘肅，所作僅有存者，退隱後，詩乃稍多，遭遇巨變，辟世孤往而然也。余嘗以為辛亥之亂興、絕義紐、沸禹甸，天維人紀，寖以壞滅，兼兵戰連歲不定，劫殺焚蕩，烈於率獸，農廢於野，賈輟於市，骸骨崇邱山，流血成江河，寡妻孤子，酸呻號泣之聲達萬里，其稍稍獲償而苟其賜者，獨有海濱流人遺老，成就賦詩數卷耳，窮無所復之，舉寃苦煩毒憤痛，畢宣於詩固宜彌工而寖盛。……

散原老人在序的前段裡，詞氣憤悱，純是遺老聲口，接著他說：

然海濱流人遺老踽踽番市樓壁之下，類足迹不窺境外。觚庵則金陵有宅青溪上，鄰於余，復築廬杭之南湖，與陳君仁先為鄰。歲月之往還，遊賞之頻數，出一篇，輒有為余與仁先所驚歎者。蓋觚庵詩，感物造端，攝興象空靈杳藹之域，近益託體簡齋，句法間追錢仲文，當世頗稱之，觚庵亦或幽獨自負，其信有無忝於後人之相知者耶！嗟呼！觚庵晚耽詩，略與余同，而侘傺余猶甚於觚庵，猥為之稍勤，忘其惛且鈍，楮墨傳視，觚庵亦不以為非焉。然而生世而無所就，賊不得殺，瑰意畸行，無足顯天壤，僅區區投命於治其所謂詩者，朝營暮索，敝精盡氣，以是取給為養生送死之具，其生也藉之而為業，其死也附之而獵名，亦天下之至悲也。校觚庵遺詩訖，為發余所媿，而推論之如此。

散原與恪士，交誼深摯，詩序中稱其託體陳簡齋，其〈哭恪士〉三首中，亦有述及，錄其第三云：

喪亂不可回，哀鬱散物表。
屢宿塔下廬，與舫伴窮討。
手種梅與竹，千頃浮一島。
結鄰陳居士，馨傳寤寐好。
稍稍就吟篇，澹秀出天造。

平生躡簡齋，餘輝奪其寶。
命為後死人，傲我萬緣了（註：君絕筆詩有回首萬緣空之句）。
重尋添入眼，魂氣濕墓草。
空懸杜陵願，來往成二老。

後恪士葬於西湖吉慶山，散原復有詩云：

懸淚三年成覓汝，猶及撫棺依佛所。
須臾邪許響荒山，渎光搖搖濕寒雨。
夙收靈氣指埋骨，臨穴四擁巖巒舞。
我老亦無世可託，偕亡羨此一坏土。
月夜魂出唱新詩，草根和以蟲聲苦。
更待拱柏啼翠羽。

二十、沈曾植

天究星沒遮攔穆弘——沈曾植（字子培，號乙庵，又號寐叟，浙江嘉興人，光緒庚辰進士，官至安徽布政使）註：「寐叟詩學宛陵、山谷，間出入韓蘇，遣詞屬事，多取內典，用意深微處，最耐細讀。今詩人之最精悍最樸鷙者，無出其右也。」

《石遺室詩話》：

戊戌客武昌張廣雅督部所，子培、蘇堪繼至，夏秋多集兩湖書院水亭，水陸街姚園，墩子湖安徽會館，多言詩，子培欲余記所言為詩話。……石遺與寐叟相見，始於戊戌五月，時沈丁母憂，張之洞招至武昌，使掌教兩湖書院史學，與石遺同寓紡紗局西院，初投刺，沈張目曰：「吾於琉璃廠曾購君《元詩紀事》。」陳亦曰：「吾於癸未丙戌間，聞王可莊、鄭蘇堪誦君詩，相與嘆賞以為同光體之魁傑也！」自是多夜談，往往四鼓始睡，索沈舊作，則棄斥不存片楮矣。

寐叟史學深邃，識尤淹博，所居海日樓，中外學人爭往質疑問字，始不甚為詩。石遺言：

乙盦博極群書，熟於北魏遼金元史學輿地，與順德李若農侍郎文田，桐廬袁爽秋太常昶，論學最相契，詞章之學，若不屑措意者。余嘗語乙盦：「君躭史學，吾亦喜考據，其實皆為人作計，無與己事。詩雖小道，然卻是自己性情語言，且時時足以發明哲理，及此暇日，盍姑事此？」君意不能無動，因言：「吾詩學深，而詩功淺，夙喜張文昌樂府，山谷精華錄，而不輕詆前後七子」。詩學深者謂閱詩多，詩功淺者謂作詩少也。余謂「君愛艱深，薄平易，則山谷不如梅宛陵」。君乃借余《宛陵集》亟讀之，余並舉殘本為贈。其明年，君居水陸街姚氏園，入秋病瘧，逾月不出戶，乃時託吟咏，余寓廬密邇，日夕遇君，有所作，輒相誇示，或夜半函牋抵余，至冬，已裒然積稿百餘首。又明年，庚子之亂，南北分飛，此事遂廢矣。

又云：

乙庵精熟佛典，自喜其〈病僧行〉一首；論詩宗旨，略見〈寒雨積悶雜書遣懷〉一首。余言：詩學莫盛於三元，謂開元、元和、元祐。君謂：「三元皆外國探險家，覓新世界，開埠頭本領」，故君詩有「開天啟疆域，元和判州部」，及「勃興元祐賢，奪嫡西江祖」各云云。余言：「今人強分唐詩宋詩，宋人皆推本唐人詩法，力破餘地耳」。君甚謂然，故又有「唐餘逮宋興，師說一香炷」及「強欲判唐宋，堅城捍樓櫓，咄嗞盛中脫，幟自閩嚴樹」各云云。

〈病僧行〉為寐叟客武昌日所作，深喜自負，句為：

病僧病臘不記年，臆對或自風壇前，蒙戎敗葉擁牀敷，支離瘣木撐風煙。
六師派別謬占度，休糧恐是金頭仙，毗藪紐天攝不得，首羅三目眙相看。
洗心揭來歸佛祖，縛律非律禪非禪，含生大期百二十，四百四病根荄全。
水氣為瘖木氣瘧，娥緣斧性裘媒寒，膏粱奧博物有致，此理未可通窮瘝。
華子中年病忘久，明心晦惑來無緣，假從毗耶示化儀，不爾五行同人天。
婆娑世界一音隔，安有萬二千眾天龍八部相周旋。

檀闕失莊嚴，忍虧無強堅，貪欲羸老基，嗔恚疢災牽。
得非夙因招現果，突吉羅業雖有懺悔猶沈綿。
給孤獨園崢嶸山，雁王鹿女遊其間，小花正如普陀白，高窟或是毗沙刊。
臘休雪嶺夏熱泉，一瓶一鉢疲往還，或有造其關，草枯木石頑。
九十六道諍研研，六十四書文複繁，莊嚴刦過星刦未來，恒沙譬喻不可罄。
像法五百盡，末法三千延，病僧病久心茫然，蘇迷盧山芥子小。
石女行歌木兒笑，嵐風撼松藤裊裊，幻師善幻五色宜，畫師作畫一筆圓。
瘦骨秋巑岏，脩脩野鵲巢其巔，後來合有稜伽傳。

寐叟博於佛學，〈病僧行〉詩中，甚具哲理，讀之自知，他並倩人作〈病僧圖〉，狀其本人形貌，跏趺而坐，瘣木為牀，首戴一笠，笠簷周匝，畫者任意為之，有笑其不圓者，石遺謂：「此正詩中所謂畫師作畫一筆圓，乃成其為病僧之笠也。」二老風趣可見。

汪辟疆曾稱：

沈曾植夙治西北地理之學，兼精內典，記醜學博，一時無兩，偶事吟咏，雅健有理意，顧不自秘，惜棄斥殆盡，自居南皮幕時，與陳石遺相遇武昌，乃始為宛陵、山谷之詩，貫穿百氏，奧衍瑰奇，尤喜摭佛藏故實，融鑄篇章，一篇脫手，見者知其寶而不名其器，惟吾友李證剛可作鄭箋，即散原亦自嘆弗及也。

觀於〈病僧行〉所摭典實可見，其〈自題海日樓詩〉亦有：

稽首摩利支，大悲徧諸方，鑾駕先自馭，鬘雲攝欃槍。
密語千萬周，四海極羝羊，福嚴普沙界，兵氣為慈光。

之語，摩利支天咒，持誦可避兵也。

寐叟與石遺、蘇堪、散原諸人相習，其詩與閩贛派沆瀣一氣，居南皮幕時，與袁爽秋彌多酬唱，然南皮見詩體稍近僻澀者，則皆不當意，對陳、鄭、沈、袁皆在所不解之列，故於〈送沈赴歐美倆州〉詩中，則云「君詩宗派西江傳，君學包羅北徼編。」袁死後，南皮有〈過蕪湖弔袁漚簃〉詩，則謂「江西魔派不堪吟，北宋清奇是雅音，雙井半山君一拜，傷哉斜日廣陵琴。」

不喜江西派，即不滿雙井，本王漁洋之說也，石遺因言：

山谷雖脫胎於杜，顧其天姿之高，筆力之雄，自闢門庭，宋人作江西宗派圖，極尊之，以配食子美，要亦非山谷意也云云。廣雅陽不貶雙井，而斥江西為魔派，實則江西派豈能外雙井？雙井豈能高過子美，雄過子美，而自闢門庭哉？漁洋未用功於杜，故不知杜、不喜杜，亦並不知黃，乃為是言。……余近敘友人詩，言大人先生之性情，喜廣易而惡艱深，於山谷且然，況於東野後山之倫乎？東坡之貶東野，漁洋之抑柳州，皆此例也。

極為江西派張目。

民國十八年，散原〈壽寐叟七十〉詩，有

東南一儒霜髯髭，曰無所為無不為，臥起岑樓鉅海圍，膝穿木榻嗟庶幾。

朝嚄暮唶聲嘎咿，其學滺漭迷津涯，包纏流略濱孔姬，寶書斷爛堆案窺。

葉乘洞籙究密微，旁溢文學酣歌詩，光怪震發莊嚴持，夏般敦卣周尊彝。

背眵口哆慴且推，賓從過者雜辛夷，絡繹問難決然疑。……

等句，語皆切摯。次年寐叟逝世，散原詩哭之云：

臥疴傳句寵稱觥，歸序仍能腹稿成，十日死生逢絕筆，萬流依倚失長城。

亂離殘客元同命，博大真人不可名，留詠荊軻一樓影，哀迎終古海濤聲。

二十一、黃節

馬軍小彪將兼遠探出哨頭領十六員：地煞星鎮三山黃信——黃節（字晦聞，廣東順德人，有《蒹葭樓詩》）。註：「晦聞刻意學後山，語多悽婉，嘗刻小印，文曰：『後山而後』。」

晦聞詩以深婉勝，冥闢群界，造意精深，陳散原盛稱其：

格澹而奇，趣新而妙。先與鄧秋枚、秋門昆季，創國學保存會及《國粹學報》。民國十一年，徐固卿（紹楨）主政粵省，邀晦聞任廣東教育廳長，徐去位後，遂絕意仕途，復歸北平，主北京大學講席，章太炎稱晦聞：「為學無所不窺，而歸之修己自植，尤好詩，時託意歌詠，亦往往以授弟子，以為小家奇說，際亂而起，與之辯則致詾訟，終不可止，詩者在情性之際，學者浸潤其辭，足以自得，雖好異者，不能奪也。其風旨大抵近白沙，而自為詩激昂屚峻過之，自漢魏樂府及魏三祖、陳王、阮籍、謝靈運、謝朓、鮑照詩，皆為箋釋，最後好崑山顧氏詩，蓋以自擬云。……二十四年一月，卒於北平，春秋六十有二，先卒時，人為刻其《蒹葭樓》二卷，然諸涉風刺者，亦略刪之矣。……」

張爾田序晦聞之《蒹葭樓詩》，比之於元遺山、屈翁山、顧亭林，胡漢民《不匱室詩》中，亦甚稱晦聞之人與詩，如謂「……常為卻曲歌，不見凋疏字，嗟卑愁老材，何足擾清思。風節重文章，國維徵士類，南北仕隱間，略知所取棄。……」然嶺表詞人，與中原早通聲氣，晦聞久居京國，與閩贛派投分彌深，其風格與純嶺南派諸家稍異其趣，蓋為能自闢蹊徑者，不自囿於一隅也。

陳石遺與晦聞曾同執教北大，交知甚摯，《石遺室詩話》云：

余與晦聞相知久而相見疏，其為詩，著意骨格，筆必拗折，語必悽惋，句如：「原草漸黃人亦悴，霜花曾雨晚猶存」、「意摧百感終橫決，天厭重寒似亂原」。

又云：

識黃晦聞三數年，未得其詩一錄之，有〈秋夜贈貞壯〉云：

日日逢君潭水邊，看花情態共茫然，宵寒尚待携持去，車過方知躑躅賢。
老大憐渠庸自計，沉吟無意便成篇，得詩強為紅顏解，此事他人恐不傳。

〈上巳日諸名輩集十剎海修禊，以病未至，為詩寄謝〉云：

佳辰已負獨酬詩，坐輟斯遊詎失期，湔祓未能勝久病，興懷原不在同時。
當春委結吾何往，揆日鳴絃事亦知，湖懦不違強十里，了無陳迹與留遺。

二詩意態均閒雅。

晦聞姿神爽朗，富情致，故多清婉之思，如〈南歸經滬寄京邸舊遊〉云：

繞道江臯計早迂，經行湘曲又旬餘，無力懷抱將銷歇，已換寒溫問起居，
聽曲再來當暮雨，題詩還寄及春初，遲歸別有纏綿意，難為臨風一一書。

石遺云：

讀第三句使人慨嘆無已，人之有懷抱者，本已無多，而富有懷抱者更少，至懷抱無多，則一經頓挫，遂爾銷歇矣。胥天下無懷抱之人，安能忍而與終古哉！

晦聞晚年所作，力攀後山，並有後山年譜之作，久而未就，羅敷庵力促其成，晦聞曾以詩答之云：

功名須老大，四十未為晚，後山有是言，所志故甚遠。
何期凍死日，五十且不滿，寒華萎高枝，良材老溝斷。
恥同世俛仰，一任歲倏短，嗟哉生平詩，詎視位業損？
我讀後山集，親本授魏衍，元城王子飛，當日拾遺版。
迢迢此一編，學者各深淺，誦詩不知人，懼與古人舛。
因是念後山，辱沒以詩顯，繫年為作譜，竊願事幽闡。

經春久不就，子謂我何緩，第思同時賢，所與共遠返。
柯山淮海儔，別集待搜散，乃能從事茲，否或病大簡。
行畸適忤俗，塵絕嘆不反，無已天下士，竟未掛世眼。
吾意豈為詩，高才恥恒鮮。

讀之，可以知晦聞之傾倒後山，與編譜之慎重矣。

二十二、華焯

地勇星病尉遲孫立——華焯（字瀾石，江西人，餘未詳）。註：「瀾石詩，樹骨韓杜，取徑黃陳，沖澹似泉明，雋永似都官，言江西詩人者，皆推陳散原，而不知瀾石詩工之深也，百年後當有次於散原之亞者。」

華瀾石詩學韓黃，樹骨堅蒼，吐辭典贍，蓋能本其所學，發為高文者，汪辟疆詡為僅次於散原，自非無故。

二十三、吳士鑑、黃紹箕

地傑星醜郡馬宣贊——吳士鑑（字絅齋。浙江錢塘人，光緒壬辰榜眼，官翰林侍講）。

地雄星井木犴郝思文——黃紹箕（字仲弢，號鮮庵，浙江瑞安人，光緒庚辰進士，官至湖北提學使）。註：「絅齋、仲弢，皆學使能詩者也。絅齋風骨高騫，喜用近代掌故，及西史事實，能雅能雋。仲弢〈遊黃州三遊洞詩〉數章最工，皆能守唐宋諸賢矩矱者也。」

吳絅齋詩不多作，有所作必求雅雋，曾見其題三多朔漠訪碑圖長古，均有根柢。黃仲弢少承家學，又為張廣雅入室弟子，工駢體文，兼精金石書畫目錄之學，所有多不自惜，散佚殆盡。今所傳之《鮮庵遺稿》，為冒鶴亭所輯者，吐語蘊藉，卓然雅意，其七言古體諸詩，尤兼有廬陵、眉山、道園之勝，不僅〈遊宜昌〉、〈題黃山谷三遊洞〉諸篇，為石遺所稱也。仲弢詩云：「廣雅堂深夜漏催，往承玉屑灑蓬萊」，師友淵源，不難推溯。

其〈題惲南田像〉云：

流離生是拔心草，窮老猶摹沒骨花，京洛貴人爭購畫，誰知忠孝舊傳家。
絕藝同時石谷翁，曾看侔色尺綃中，兩家神逸誰高下，多恐吳生是畫工。

〈題顧亭林像〉云：

審韻探碑絕業餘，子雲後世竟何如，薦紳坐論稗瀛外，辛苦親編肇域書。
河朔江南幾大師，百年儒術漸支離，夏峰不作南雷死，瞻仰神姿一涕洟。

舉止穩稱，語有稱量，極似廣雅堂中詠史諸作。

二十四、夏敬觀、諸宗元

地威星百勝將韓滔——夏敬觀（字劍丞，亦作鑑丞，號盥人，又號吷庵，江西新建人，光緒甲午舉人，有《忍古樓詩集》、《吷庵詞稿》等）。

地英星天目將彭玘——諸宗元（字真長，亦字貞壯，浙江紹興人，光緒祭卯副貢生，著有《吾暇堂類稿》、《秦鬟樓談錄》、《篋書別錄》等）。註：「吷庵詩學梅都官，遣詞樹骨，幾於具體。平生論詩，最服膺東野、宛陵，守一先生之言而不為所囿，此吷庵之過人者也。真長早年隨宦江西，寓滬時，始與吷庵唱和，味雋而永，與吷庵有二妙之目。」

吷庵與散原同里，詩名夙著，而各不相師，蓋其平生所學，皆力闢徑途。他於光緒元年五月初十日出生長沙，甲午中舉，歷任三江師範學堂，復旦、中國公學監督，江蘇巡撫參議，署理提學使司。辛亥後，曾長浙江教育廳，旋退隱上海，築室於康家橋，頗具花木之勝，常聚詞流嘯咏其間。治學頗勤，通經史，工詩詞，晚年以鬻畫自給，四十二年五月十四日卒，年七十九。葉玉甫稱為「詞壇堆宿，卓然成家，不徒為西江社裡人也。

諸真長江左故家，久居江右，風華典贍，學養功深，到滬後與吷庵沆瀣相得，常與李拔可、林亮奇諸人，唱和為樂。

《石遺室詩話》：

林亮奇見余作詩話，告余尚有兩詩人，恐所不識，余曰：「去年過滬，遊張園，李拔可曾介二客相見，亦為此言，則諸君貞壯，夏君劍丞也，各道傾想之意，君所言得無是乎？」亮奇曰：「然。」後詢諸蘇堪、子培，則各有所左右。劍丞有〈澄意充生屬題薛道人秋幢讚佛圖〉云：

金沙灘上馬郎歸，曾向人間地獄來，秋樹自培將盡葉，火蓮寧有未然灰。

歌筵鐘梵誰能聽，紈素丹青莫漫猜，比似東坡留偈語，要知佛性不輪迴。

貞壯有桂伯華師自日本來書云：「近與吾友通州范彥殊彥矧兄弟相倡和，既以書報，賦寄長句云：

觥觥德化桂夫子，更念通州兩范生，日共哦詩對東海，夢憐羈客在秋城，脫身幸自兵間出，盡室今為浦上行，欲補春秋告三世，直從據亂到昇平。惜不多見。」

說到映庵之宗宛陵，石遺又言：

劍丞溺苦於詩，其造語大有不驚人不休之意。去年數至都下，弢菴、樊山諸老盛許之，一日，見劍丞與昀谷方斷之爭論，劍丞謂唐宋詩人，獨有一梅聖俞耳。昀谷大非之，稍訾及宛陵，因取決於余，余平解之曰：「論詩固不必別白黑而定一尊，劍丞言似太過。然十數年前，蘇堪有與余詩云：『臨川不易到，宛陵何可追。』」當時余蓋與蘇堪首表章宛陵者，昀谷、劍丞相與一笑而罷。

夏映庵詩雖宗梅宛陵，實亦不為所囿。某年臘月二十九日，羅癭公、黃晦聞，招石遺、昀谷、映庵、貞長、師曾、敷庵、眾異諸人在法源寺祭後山，蓋後山以是日逝世也。昀谷詩：

近人偽嗜梅都官，君胡獨取陳後山？書來約我法源寺，酹以芳醑敷椒蘭。

今日何日歲欲闌，我恨不如老衲閒，月餘怳怳無一字，正坐不諳曹洞禪。
知陳最深者三賢，曾鞏蘇軾黃庭堅，王雲埽門已不及，僅從魂衍得數編。
君之黨陳與梅抗，三賢雖好無此專，我與是曰不與祭，亦如王子嗟緣慳。
吾曹論古何敢偏，窮源要溯天中天，梅陳好句絕可愛，其力僅足造一關。
強譽一家冠千古，逆知古人心未安，後山有知必大笑，子言允矣詩仍寒。
我懼一寒尚未徹，去來苦被塵勞牽，袖詩呈佛不知愧，佛當洗我菩提泉。

起語與中數語甚趣，尚未忘與映庵爭辯之說耳。然持論正平允，右梅右陳者，皆無以難也。

石遺謂：

宛陵用意命筆，多本香山，異在白以五言，梅變化以七言，東坡意筆曲達，多類宛陵，異在音節，梅以促數，蘇以諧暢，蘇如絲竹悠揚之音，梅如木石摩戛之音。

又言：

昨歲劍丞以近作一帙，屬余加墨，為圈點百十處歸之，皆取其於曠見奧，於顯見微者。余向於古人論宛陵、後山詩，於今人論伯嚴、子培詩，皆如是觀。劍丞疑余所評許者，不盡由衷之言，則不然也。鄙意古人詩到好處，不能不愛，即不能不學，但專學一家之詩，利在易肖，弊在太肖，不肖不成，太肖無以自成也。余亦請劍丞評余詩，則謂由學人之詩，作到詩人之詩，此許固太過，然不先為詩人之詩，而逕為學人之詩，往往終於學人，不到真詩人境界，蓋學問有餘，性情不足也。古人所以分登高能賦山川，能說器物能銘等為九能；反之，又東坡所謂孟浩然有造法酒手段，苦乏材料耳。劍丞詩最佳者，如〈雲棲寺竹徑〉云：

理安長枏直插地，雲棲大竹高參天，二寺夐然到聖處，枏不蠹朽竹愈堅。
昔稱理安境無對，未見雲棲真枉然，漸尋竹徑避白日，步步到寺尋花甎。
又如葦藥作廊覆，左右柱立皆修椽，露骨專車巖壑底，表影累尺僧房巔。
空亭駐足一遐想，夜至風露宜娟娟，……人言此寺惟有竹，他景不勝名虛傳。
正惟有竹便佳絕，雜樹亦眾何稱焉，願箚不劚盡成竹，連坡長到澄江邊。

中昔稱二句，又如二句，人言六句，用筆造語，皆得髓於宛陵而神似之，世之服膺宛陵者，一時恐未有其匹。

石遺於夏諸二人，獨多推許吷庵，曾謂：

李拔可有詩友二人，曰夏劍丞，曰諸真長，介以識余有年矣。真長蹤跡稍疏，詩不多見，惟記哀邁、過恕齋故居二作，審曲面勢，善使逆筆，去年囑拔可代覓其詩，則皆造語用意，能透過一層者，惜其太少，而真長以為得此已足，若必求益，則責菜傭所為已。劍丞為皮鹿門高足，今之學人，於詩尤刻意鍛鍊，不肯作一猶人語，視其鄉人高伯足陳散原，未知其徐行後長者否也。余嘗題其詩稿云：「命詞薛浪語，命筆梅宛陵，散原實兼之，君乃與代興。」蓋喜其能自樹立，不隨流俗為轉移也。

諸真長詩，石遺於詩話中所提及者略如上，僅錄其〈哭子詩〉一首，稱其警痛，茲不錄，錄其詩集中有關論詩兩首，嘗鼎一臠，以概其餘。其〈夜過海藏樓歸紀所語，簡太夷併示拔可〉云：

海雲斂月涼生芒，栝竹影地森成行，馬蹄蹴踏若翻水，但惜損此寒瓊光。

打門夜半撼鄰睡，主人延客先下堂，兼旬再見已足喜，況能坐對秋宵長。
主人論詩得真理，近稱米氏推歐陽，上窺韓白許永叔，出以簡淡非尋常。
老顛落筆不局曲，意境往往齊蘇黃，前聞沈侯語夏五，文字不可輕其鄉。
此言當為永叔發，我意若合衡與量，嘉祐元祐在何世，縱有作者人謂狂。
明星耿天露作霜，我歸所止神旁皇，人間俗論成嗤點，叚拂豈果師元章。

又〈拔可補寫二十年所為詩，病中起讀，不覺竟卷，賦示一篇〉：

一病遂教弛百骸，君詩娛我晚來佳，舊吟辛苦為追寫，此事從容有好懷。
學古自能成獨到，嗜奇不信𧸐吾儕，西江宗派今無幾，坐被人稱近簡齋。

映庵既喜為詩，又工於詞，武陵陳銳曾為序其詞集，略謂：劍丞……詩格規撫孟郊，詞則奄有清真夢窗之長，當其求音咏嘆，寫豔孤清，仿制氏之鏗鏘，襲楚芬於未沫，每一篇出，相視而笑，莫逆於心，蓋江南冠蓋，人海一身，賞音若此之難也。嘗謂詩人多窮，詞則尤甚，凡人不得行其志，而寄聲於詩詞，其心彌苦，故境自造其幽奇，其義彌彰，而言必引於荒忽，如以詩詞為窮人之具，非本論也。宋之稼軒最稱顯宦，其詞宏放，自又一家，官雖不窮，心則窮矣。今人黯陋，鄙晲儒生，及履貴任，便思依附風雅，乃其題詠，無病而呻，故名位之通塞，與文章之進退，猶反比例，然則幽奇之境，荒忽之言，君子固窮，殆世俗之所企羨腭眙，敻乎其不可及乎。劍丞委質人國，鬱鬱多思，為詩既多，乃先刊其所為詞，……夫文采非周身之防，窮通豈達俗之見，世不需我，則我休乎天均。若夫大晟樂府，久廢巤官，故國斜陽，猶餘烟柳，流連身世，憑弔古今，但以詞名，劍丞固早據西江一席矣。

蓋亦兼論其詩矣，因錄附如上。

二十五、梁菼、陳銳

地奇星聖水將軍單廷珪——梁菼（字公約，江蘇江都人，有《端虛堂稿》）。

地猛星神火將軍魏定國——陳銳（字伯弢，湖南武陵人，光緒癸巳舉人，官江蘇知縣，有《抱碧齋集》）。註：「公約久寓金陵，與散原多倡和，詩峭刻而能秀逸。伯弢為湘綺弟子，為詩初學漢魏選體，近亦脫然自立，思深旨遠，雖時嫌生硬，尚不失為楚人之詩也。」

公約以簡質清剛之體，出之以清新綿紵之中；伯弢則中歲以後所作，乃不為漢魏六朝所囿，而以蒼秀密栗出之，體益堅蒼，味益綿遠。陳石遺稱「公約之作，極似明末清初江湖諸老，語近人則胡詩廬（朝梁）可相伯仲，其句如：「憂時滿紙淚，孤坐四圍山」、「老輩疏狂塵事外，遠人去住歲寒時」、「清陰酬我兼春閏，古樹如人謝翦裁」，皆有意味。

陳伯弢為季清一代才人，陳散原序其《抱碧齋遺集》云：

光緒初余居長沙，即獲交武陵少年陳君伯弢，其時伯弢方選為校經堂高才生，才鋒雋出，歌吟爛漫歷湖外，從湘綺翁遊，益矜格調，而好深湛之思，奇芬潔旨，抗古探微，漸已出入湘綺翁自名其體矣。顧伯弢性坦率中褊，善感易怨，既擅文藝自憙，復奔馳求食，頗與世鑿枘，世亦指目之曰名士名士云。後就令江南，侘傺憂傷，獨盛為詞，見推朱鄭，而所遭益困，蓋伯弢雖若輕肆志，寄其意於譏訶謔浪，然愛氣類，篤故舊，與余相保數十年，即所操持頗持異同，未嘗不互憐微尚終始厚情感於冥漠也。大亂興，伯弢歸死故里，久之，譚無畏瓶齋兄弟，為收拾叢殘，督夏映庵編訂詩詞各若干卷授印，咸屬余匡廬隱居，綴言弁其端。嗚呼，少壯之俊遊垂盡矣，埋照孤詣如伯弢，固應天壤間落落有此人，余方以衰老朽鈍，逢迎萬劫，遁跡窮山空荒泬寥中，出伯弢生平所遺誦之，恍惚故人魂魄來下，而哀音苦調，復與嶺猿叫嘯，山鬼夜吟，邈綿嬗續於終古也。

二十六、陳懋鼎

地闢星摩雲金翅歐鵬——陳懋鼎（字徵宇，閩縣人，光緒庚寅進士，官外交部參議，民國後，官山東濟南道道尹）。註：「徵宇為弢菴猶子，詩學後山，偶作無不從詩楊中苦吟而得，用意造語，最能窺見後山深處，作雖不多，然篇篇皆可誦也。」

《石遺室詩話》：

徵宇肆力後山，俯視一切，嘗手錄舊作二十餘首付余，密字丈餘，可裝一長卷……。皆從詩榻中苦吟來也。

徵宇為螺江世家，以少年掇高第，發迹甚早，曾赴歐洲，新舊學俱有根柢，有時亦喜以新名詞入詩，如〈毋我忘篇〉：

剁啄復剁啄，郵卒到門垂巨橐，
金湯了鳥射日明，空外共識郵撾聲（註：郵卒叩門疊響異於常人，名曰郵撾），
老翁聞聲不遽起，鄰窗女兒獨剌耳。
女兒十九乍斂髮，性愛海郎同生活，
窗中手種毋我忘（註：毋我忘花名，藍花草本），描作花箋寄天末，
茶罷常調辟亞奴（註：琴也），目送壁上海船圖，
海船載客美洲去，紘遲歌澀心鬱紆，
太平洋水能移情，合眾國女工奪夫，
謂言郵郵附書至，去日誓詞動天地，
自從身到東半球，五度來郵無一字，
毋我忘，毋我忘，藍瓣瑣碎翠莖長，
一花一葉難相當，微風裊裊搖孤芳，
胡為錢刀逐異鄉，驅環約指堅且光，
吁嗟歸來乎海郎！

他如〈夜坐感懷寄穎生丈〉、〈將去英倫書居停女葛悌冊子〉、〈乙卯冬日送高蔭午出都〉諸作，皆工穩耐尋味。

二十七、李宣龔

地闔星火眼狻猊鄧飛——李宣龔（字拔可，號觀槿，閩縣人，光緒甲午舉人，官江蘇候補知府）。註：「拔可詩才雋逸處似簡齋，高秀處似嘉州，孤往處似後山。」

《石遺室詩話》：

故人李次玉子拔可，曾為海藏掌書記，居漢口，旬日必過江至余寓中，嘗有二小詩云：

石遺小住藤為屋，旡悶新居竹滿庭，準擬過江尋一憩，午涼容我作詩醒。

不知魚鳥歸何處，卻與蚊蠅共一區，眼底了無芳草色，那能長日閉門書。

蓋最早為海藏詩派者。旡悶海藏號。又有寄余詩甚佳，只記得「陶江歸去日，霜橋不論錢」十字。

拔可詩最工嗟歎，古人所謂悽惋得江山助者，不必盡在遷客羈愁也。少與林暾谷為文字骨肉，為詩共嗜後山，同以簡遠勝。石遺謂皆從事鄂渚後，學荊公而酷似鄭海藏者，故工於嗟歎，然讀其少作，固皆得力後山，不亞於暾谷也。集中如〈贈陳公寬〉：

征衫過我意匆匆，短榻殘燈語易終，故國如塵成小住，江船有夢更須東。
好憑羨鳥青雲志，取慰嗔烏白髮翁，臨別不留吾豈恝，家人歡望固相同。

〈深閉〉云：

客處荒城歲月增，此身未改舊崚嶒，不棼始覺多餘暇，深閉猶能遠所憎。
研水豈分寒裡暖，瓶花亦解佛中乘，冥然端坐窮群態，杞柳杯棬各有稜。

〈贈幾道丈〉云：

爬梳萬說欲探原，善轍誰窺眾妙門，可笑蚍蜉爭撼樹，無言桃李自成垣。
少年喜謗古如此，國子為文道益尊，鄭重城西一區宅，歲寒山色與溫存。

〈倚伏〉云：

倚伏紛紛敗與成，閒看物態最分明，籠禽得飽終思避，野蛤知時已亂鳴。
瘴海坐連千里勢，凍雷難壓半城驚，多情春水貪何事，苦待曹瞞走後生。

皆韻味深長可誦。

拔可夙遊金陵，曾於青溪旁築屋以居，小有林亭之勝，民國二三年間，張勳入寧，兵燹之後，頗遭蹂躪，集中〈視金陵故居〉云：

胸中空崢嶸，尺寸未藉手，開窗納鍾山，江南是吾有。
區區丘壑戀，用意頗自負，吳楚一蹉跎，花時隔杯酒。

得閒乃坐誤，亂至復誰咎？惜哉魚鳥鄉，遂令豺虎守。
徙薪已無及，增竈不可狃，九鼎方淪胥，破甑那回首。
側聞解兵令，其衷殆天誘，劫灰待收拾，於汝亦云厚。
徑荒就蕪蔓，樹槁變衰醜，意惟傾青溪，庶可滌塵垢。
嚴城夜再起，獨嘯誰與友，蟲聲和月色，慰此循牆走。
懷歸恐無期，避地寧可久，何處覓高原，河清俟人壽。

陳石遺嘗謂：

金陵詩，自王子敬桃葉渡，陳後主璧月後庭花外，惟李太白〈鳳凰臺〉一首，劉夢得〈懷古〉一首及五絕句，號為高唱，王荊公退處，而名作以多，類撫景感時，藉抒悒悒之抱，蘇堪拔可先後居金陵，又皆服膺荊公詩，發音之同，有自來矣。

至如〈為吳劍泉題鑑園圖〉一首：

事業欲安說，溪邊柳成圍，當時叩門人，百過亦已衰。
此園在城東，地偏故自奇，世俗便貴耳，濁醪爭載窺，
那識賞寂寞，但聞簧與絲，我嚮喜獨遊，扁舟弄漣漪，
拊檻一片雲，鍾山遠平籬，花竹不迎拒，魚鳥無瑕疵，
豈惟客忘主，青溪吾所私，中間共出處，就官淮之湄，
土瘠民力瘁，百無一設施，鄂渚得再覯，征車北方馳，
歸途望楚氛，微服鷁退飛，陵谷事已改，變遷到茅茨，
相逢忽攬卷，不收十年悲，鄭記似柳州，平淡乃過之，
夙忝文字飲，可能欠一詩，巷南數椽屋，有枝亦無依，
儻免熠燿畏，愔愔還當歸，芳草結忠信，吾言茲在茲。

此詩寫二十年中在青溪鍾阜間交遊蹤跡，離合悲歡，直將海藏集中：〈吳氏草堂〉、〈晚登吳園小臺〉、〈正月二日試筆〉、〈上巳吳園修禊濠堂〉、〈題吳鑑泉新成水榭〉、〈舟過金陵〉諸詩，觀感懷抱，萃於一篇，參讀之乃知其妙。

二十八、張元奇

地強星錦毛虎燕順——張元奇（字珍午，一字君常，號薑齋，福建侯官人，光緒丙戌進士，官至奉天巡按使，有《知稼軒集》）。註：「薑齋以疆吏而能詩，《遼東》一集，已具骨幹，入都返閩後，風骨益高，近刻《知稼軒集》，不乏名作，閩派中一作手也。」

能詩閩士中，張珍午與沈濤園同以駿快著稱，《石遺室詩話》云：

余交張珍午十餘年，癸卯都門別後，余仍客武昌，君出守岳州，與武昌一江上下，郵筒隔宿可至，至必有詩若書，……岳州為張燕公悽惋得江山助處，於公最稱，故持筆皆壯於發端，而千憂百悲，中間時時流露。……

張珍午才華絢茂，冠冕儕輩，少年時頗擅鄉里之譽，自通籍之後，以迨入居諫垣，中間旋里主鼇峰書院講席，與弢菴及鄭澹庵（友其）、葉稚愔（在琦）諸人相與倡和切劘，詩功益進。及出守巴陵，正所謂得江山助者，集中如〈大風夜泊岳陽樓下〉：

妻孥留滯漢江隈，獨自登舟謁府來，眾水交流人事急，下弦無月雁聲哀。
見燈知與州城近，擁被閒將世局猜，薄宦未消湖海氣，更何懷抱不能開。

〈十四夜雨後見月喜家人將至〉云：

拋卻京華不自憐，浮家楚澤且隨緣，夢縈青草湖邊路，春盡黃梅雨裡天。
擁山城長寂寂，起看江月故娟娟，人間離合如圓缺，便為良宵一噱然。

皆極自然。其後移官遼瀋，十數年中雖匆匆不廢唱渭城，非復曩時旗亭畫壁之侶矣。光緒甲辰，日俄在我疆域搆兵，我關內商民七百餘人，藏有俄之羌帖，日軍竟指為俄諜，同日活埋於康平縣署西牆外，叢葬之處，夏不生草，秋冬地成白色，或以為寃氣所結，珍午有〈寃塚〉一詩云：

死不化秦坑灰，生不作田島客，
七百餘人同日死，白日無光血成碧。
范侯為我指其處，一蟲一沙一魂魄。
吁嗟乎！戰禍滔天完卵難，不疑俄奸即日奸。
我來但隔一牆宿，夜聞鬼語摧心肝。

又〈綁票行〉云：

國貧無幣代以票，盜窮無票代以人，
東家大戶我金穴，西家小兒我財神（註：「鬍匪呼所綁者為財神」）。
迎神刀在手，縛神馬後走，有金送神歸，無錢馘神首。
呼冤縣前撾大鼓，兵胡如鼠盜如虎，
搖旗點兵捕盜來，嗚呼盜去兵不回。

皆有議論。

二十九、秦樹聲

地明星鐵笛仙馬麟——秦樹聲（字右衡，一字晦鳴，號乘菴，河南固始人，光緒丙戌進士，官廣東提學使）。註：「乘菴文極晦澀，而詩特婉約。」

陳石遺云：

固始秦右衡，今之孫樵劉蛻也。癸卯廷試經濟特科，首場列一等，覆試卷中用『虆』字，閱卷大臣不識，時廣雅督部述職在都，特派為總裁，群問焉。廣雅曰：「似見《逸周書》。」然仍抑置二等，由水曹郎出守雲南曲靖，官至廣東提學使。始余相見於武昌，偶談相撲故事，某君曰：「即漢角觝。」余曰：「似本公羊。」君曰：「宋萬搏閔公是也。」余心識之。再見都門，贈余以所著駢體文一冊，余曰：「可方石笥山房。」君意未足。余曰：「然則唐四傑何如？」少作詩，惟見〈和漚尹枉贈〉五古云：

三蟲告天歸，亂笑飛庚語。
吾君太行獲，畢數在雕虎。
肝腎日淪剝，蒜髮擢春縷。
夜氣何悽悽，銀釭欲終古。

丙申作於都門者，或以為造說奇詭，昌谷嗣音，實則樊紹述〈鄂州城樓〉之倫。
聞其在官時，上書大吏言事，字寫十七帖，發電文用駢體，余辛亥歲暮懷人絕句：

中州人物推秦七，奇字蟠胸揚子雲。
奏記長官皆草聖，聱牙急遞盡駢文。

三十、陳衡恪

地周星跳澗虎陳達——陳衡恪（字師曾，江西義寧人，散原老人長子）。註：「師曾初多選體，繼能稱心而談，不為唐宋所囿，思深味雋，悼亡諸作尤工。」

散原老人諸子皆能詩，而師曾彥通（方恪）尤著。師曾清剛勁上，有邁往不屑之韻，彥通雋語瑰詞，情韻不匱，但沉厚不及師曾耳，擬諸斜川，差為近似。此辟疆談近代詩派與地域中所云，語見《方湖類稿》。

《石遺室詩話》：

師曾少學選體，存者不多。〈感懷〉（自註：將就婚漢陽，感念前室，愴然於懷）云：

閒居心不怡，徘徊眄遙岡，層靄盪空冥，修林日摧黃。

萋草蔓廣陌，寒潦澮方塘，尋跡非故壥，即景翫餘芳。

昔懽如未徂，沉思安能詳。

此半首神似大謝。〈觀朝雨〉云：
煙林秀遠色，晨雨縱橫來，輕寒散平麓、飛翠上層臺。

四句，直是小謝原作。〈苗木道中〉云：
絕頂明明月，高寒照我行。

〈公湛以詩酬我之畫，復以詩報之〉云：
投以無聲詩，而以有聲和，其聲何泠泠，松風半空墮。
俛仰江海間，朋好餘幾個，汝我形影乘，堅意不可破。

略似東野。〈汪氏兄弟招飲焦山松寥閣〉云：
窮居罕清曠，勞役闕盤遊，經過上下江，曾不徙崇丘。
焦君鬱峨峨，髣髴閟靈幽，嘉我二三子，招邀覽芳洲。

揚舲送長風，開軒玩洪流，豁達坐修椽，一解煩暑憂。
茂木藹蒼翠，激石戛琳璆。……

似顏。〈次韻諸貞長〉云：
飛花巢燕終無定，細認軒窗倘再來。

〈微雪〉：
小閣一爐深自暖，迴腸萬語不成篇。

〈畫梅歌〉云：
我今畫梅無所本，意未經營手先冷，攢空野棘兩三條，又似枯藤掛寒嶺。

……皆佳句也。〈為蹇季常畫對酒圖並題〉云：「醉眼看醒人，紛紛果何事。」十字，可作「反離騷」讀。師曾篤於伉儷，再悼汪氏亡，悲之尤甚，年來有詩必使余酌定之，一卷百餘首，悼亡作居十三四，即非悼亡題目，亦牽動及悼亡……真摯語至多，如〈題春綺遺像〉云：

人亡有此忽驚喜，兀兀對之呼不起，嗟余隻影繫人間，如何同生不同死。同死焉能兩相見，一雙白骨荒山裡，及我生時繫我睛，朝朝伴我摩書史。漆棺幽閟是何物，心藏形貌差堪擬，去年歡笑已成塵，今日夢魂生淚泚。

又云：

伯嚴謂余譽其子師曾詩，過於乃父，余曰：「此正吾輩求之不得者，恐君詞若有憾，實乃深喜之。」向在都嘗與林宰平，推究古今聞人，其子往往趕不上，此與家學濡染之說，豈不大相反？宰平曰：「此殆諺所謂近廟欺神之故也。」相與大笑而罷。

三十一、楊鍾羲

地隱星白花蛇楊春——楊鍾羲（原名鍾廣，漢軍旗籍人，光緒己丑進士，截取知府，分發浙江，端方督兩湖，調赴鄂，又隨節移江南，復漢姓為楊，改名鍾羲，字子勤，官江寧府知府，有《聖遺集》）。註：「子勤詩，氣體清雋，措意婉約。」

楊子勤與盛伯希昱，同隸旗籍而久居北方，詩名為人所具知，二人嘗擬共葺八旗文獻，及伯希下世，子勤又刻其《鬱華閣遺集》於武昌，二人者蓋以中表而投分最深者也，敬禮定文之請，山陽死友之知，兼而有之。子勤熟於清代掌故及八旗文獻，所著《雪橋詩話》四十卷，由詩及事，因事而詳，制度典禮，略於名家，詳於山林隱逸，表幽闡微，不減歸潛志《中州集》也。及筮官白下，頗與江左詩人相習。論詩以雅切為宗，極推清初之朱王葉沈諸家，稱為正聲，而不甚揚袁蔣趙之流，論者謂楊之《雪橋詩話》，不僅有資掌故，亦詩學南鍼也。《聖遺詩集》中諸作，殊多情韻綿遠，思深味永之作，實在河北派與江左派之間，為寶廷故後之別開蹊徑者。錄其〈長至後一日作〉：

連天晦昧雨如絲，閉戶心情足自怡，野史事徵施北研，遺民詩詠戴南枝。
日長添線閒方覺，夜話圍罏睡故遲，遮眼官書兼坐客，冬烘較勝去年時。

〈次遜翁病夜詩韻〉：

臥病漳濱感滯淹，安排几硯總清嚴，黃門舊話歸心賦，樂府新添刮骨鹽。
覓醉寒宵憐薄酒，留香斗室下重簾，唐花已逗春消息，轉恐春愁夜夜添。

《聖遺詩集》及《雪橋詩話》，其公子鑑資曾挾以來臺，前年鑑資歿，不知流落何所矣。

三十二、楊增犖

地暗星錦豹子楊林——楊增犖（字昀谷，江西新建人，光緒戊戌進士，官四川候補知府）。註：「昀谷詩，高秀處似放翁，閒適處似右丞，其風骨峻峭之作，又時近文與可米元章。在京師時，詩名甚盛，近躭禪悅，尤多名理。」

昀谷詩學輞川劍南，樹骨堅蒼，吐詞典贍。《石遺室詩話》云：

楊昀谷湛深佛理，今年為佛學會奔馳南北萬里路，而未聞其挽寄禪詩。君數年來，一官都下，塊然獨處如苦行僧，終歲苦吟，有作必以示余與堯生瘦公，亂後篋衍零落，僅存數首。如〈贈曇寬上人〉：

卅年留得破袈裟，鎮日關門誦法華，愛眾常聞申五戒，安禪不廢演三車。
參山度海人將老，食粥棲茅願已奢，記取松風傳妙偈，人間何地似君家。

壽堯公云：

坐對黃花憶生日，一杯重屬傳鶉觚，近來闕事復安在，老去閒情頗不孤。

詩力驅風鬥松石，夢痕和月落江湖，與君脈脈共秋味，誰信人間有腐儒。……

三十三、姚永概

地空星小霸王周通——姚永概（字叔節，安徽桐城人，光緒戊子解元，有慎宜軒詩）。

註：「叔節散文，得惜抱法乳，詩亦甚工，遊山諸作，多可傳誦。」

《石遺室詩話》：

姚叔節永概，亦桐城孝廉，石甫先生之孫。則與其姊婿馬通伯其昶，均能為桐城先輩之文者，贈余慎宜軒詩文集各一冊。余謂通伯文追惜抱，君文乃法望溪，至其詩未細省也。近復出新稿百十首使商榷，乃知其用功非淺，如〈題沈乙庵寒林坐臘圖〉，圖後自書〈病僧篇〉云：

萬本蕭槮人跡絕，春氣潛藏根似鐵，枯莎敷座洞門深，寂滅更無言可說。
病僧非身亦非心，異香成穗繞雙林，卻憐八表同昏際，願放光明破闇陰。

〈題子善秋景〉云：

柳老西風作意驕，孤蟬獨自抱踈條，不知更有春來否，到眼秋光太寂寥。

〈偶題〉云：

西風吹雨作輕埃，零落殘芳尚亂開，秋蝶向花無意興，繞叢三匝卻飛迴。

〈偶懷梁節庵胡漱唐〉云：

上書不報拂衣去，絕類西京梅子真，最痛篇終陳苦語，異時逆耳更無人。

他如〈遊北海登萬壽山作歌〉，及〈遊天壇觀古柏〉兩首，語意樸摯，音節蒼涼，極近遺山，後一首氣息尤見蒼鬱。

叔節與散原交厚，彌多切磋之益，其論詩之作，如〈書梅宛陵集後〉：

梅集六十卷，買自武昌市，刻者明嘉靖，宋君巡按史。

屬工宣城令，字大殊可喜，惟其訛謬多，又闕數十紙。
借得道光本，彌月事校理，所闕抄使完，其訛難訂矣。
我思文字貴，在切時與己，要使真面目，留與千秋視。
時為何等時，士為何等士，當其入微妙，不在文字裡。
閱歷助胸襟，天姿加踐履，四事不關詩，詩固待此美。
俗士動誇古，終身寄人里，一體效一家，自矜工莫比。
乞人衣百寶，寶也殊足恥，楊眉識杜韓，況說宋諸子。
告以先生詩，笑口或大哆，敦知六一翁，低首直到趾。
古貨真難買，病在古入髓，東坡尚嫌酸，餘賢可知爾。
械之笥篋中，我歡獨在此。

又〈書鄭子尹詩後〉：

生平怕讀鄭英詩，字字酸入心肝脾，邵亭尚可老巢酷，愁絕篇篇母氏思。
乃知文字到妙處，性情學力分張麾，無情終是土木偶，無學未免成傖兒。

昔者吾友江潛之，文令人快猶卑卑，惟酸方許語刻骨，此言真實不余欺。
學詩半生偶自喜，持以較古多然疑，世士得名殊妄耳，那曉三百風詩遺。

俱有議論。

三十四、金和

步軍頭領十員：天孤星花和尚魯智深——金和（字弓叔，號亞匏，江蘇上元人，邑增生，有《秋蟪吟館詩鈔》）。註：「亞匏詩，以五七古擅長，鴻篇鉅製，極奔放恣肆之觀，力量最大，無與抗手。亞匏在咸同時有名，至光緒年間方卒，時代較早，然不可漏也。」

汪辟疆列金亞匏於江左詩派，謂：

亞匏生際咸同，名非顯著，金陵陷落，身處危城，慘殺流離，親身目擊，乃攄其憫時念亂之懷，學蔡女焦妻之體，樂府植其幹，三唐壯其采；道路傳聞，盡歸壯烈，尋常目睹，悉納篇章，無難顯之情，極盪抉之妙，初學讀之，鮮不驚其瑰瑋，按實以求，胥臣蒙馬，內質全非，葉公好龍，偽體宜別，淺嘗之士，乃以西方詩哲方之，詫為五百年中之奇作，則譽過其實矣。近體平弱，尤難取儷，世有真賞，定喻斯言。

徐仲可云：

上元金亞匏，為仍珠觀察還之封翁，振奇人也，跌宕自喜，近於狂，晚無所遇而託於詩，其所為纏綿婉篤，跌蕩尚氣，咸豐癸丑甲寅間作，則有一種沉痛慘澹陰黑之象，誠詩史也。審其格律，無一不軌於古，而意境氣象魄力，求之並世作者，未有其偶，比諸遠古，不名一家，而亦非一家之境界所能域之也。

《石遺室詩話》：

粵寇淪陷金陵，亞匏舉家在賊中，謀與官軍應，不濟，幾及於難，遲之又久，僅而次第得脫，黃小已強半凋喪矣。所歷危苦，視古之杜少陵，近之鄭子尹，蓋又過之。其古體極乎以文為詩之能事，而一種沉痛慘澹陰黑氣象，又過乎少陵子尹，世皆知子尹之詩之工，而罕知亞匏，用特表之，以告欲讀咸同間之詩史者。

《秋蟪吟館詩鈔》，分七卷。曰《然灰集》，其自識曰：

余存詩，斷自道光戊戌，凡十五年，至咸豐壬子，得詩二千首有奇。癸丑陷賊後，倉皇伺間，僅以身免，敝衣徒跣，不將一字，流離奔走，神志頓衰，舊時肄業所及，每一傾想，都如隔世，而況此自率胸臆之詞乎。顧以平生結習，酒邊枕上，或復記憶一二，輒錄出之，然皆寥寥短章，觀聽易盡，其在閎裁鉅製，雖偶有還珠，大抵敗鱗殘羽，情事已遠，歌泣俱非，欲續鳧脛，祇添蛇足而已，故不敢為也，久之，亦得如干首。昔韓安國之言曰：死灰不能復燃乎，余今之竄余詩，則既然之矣，知不足當大雅，抑聊自奉也。

亞匏之《椒雨集》，分上下，其自識曰：

癸丑二月，賊陷金陵，劍析矛炊，詭名竊息，中夏壬子，度不可留，拚面辭家，僅以身免。賊中辛苦，頓首軍門，人微言輕，窮而走死，桑根舊戚，恩重踰山，自秋徂春，寄景七月，而先慈之訃至矣。計此一年之中，淚難頮愧，聲不副愁，幾昧之無，遑言競病。惟以彭尸抱憤，輒復伊吾，亦如麴生之交，尚未謝絕，昔楊誠齋於酒，獨愛楸花雨，椒辛物也，余宜飲之。又余成此詩，半在椒陵聽雨時，今寫自癸丑二月至甲寅二月，詩凡百五十餘首焉。

曰《殘冷集》，自識曰：

余以甲寅八月，出館泰州，乙卯移清河，丙辰移松江，數為人師，自愧無狀，惟以詞賦為名，於詩不得不間有所作，雖短章塞責，而了了萍蹤，未忍竟棄，遂積為卷葉。此三年中，乞食則同也，而殘杯冷炙，今年為甚，夫殘冷，宜未有如余詩者矣，乃寫自甲寅八月至丙辰十月去松江時，凡百有餘首焉。

曰《壹弦集》，自識曰：

余以丙辰十月應大興史懷甫觀察保悠之聘，佐釐捐局於常州。明年丁巳移江北，其七月又移東壩，至己未九月，事在簿書錢穀之間。日與駔儈吏胥為伍，風雅道隔，身為俗人，蟲鳥之吟，或難自已，則亦獨弦之哀歌也，今寫自丙辰十月至己未冬赴杭州時所作詩，凡二百有餘首焉。

曰《南樓集》，自識曰：

咸豐十年之閏三月，金陵大營再潰，不數月而吳會賊蹤幾遍，東南之禍，於是乎極。余於其時，盡室由江陰渡江，一寓於靖江，再寓於如皋，又渡吳淞江取道滬上，然後航海至粵東止焉。初佐陸子岷大令鍾江於端廣二郡，子岷逝世，遂佐鳳五林觀察安於潮州。前後七八年間，凡若簿書期會之煩，刑獄榷算之瑣，榷埋烽燧之警，侏儷責讓之擾，俱於幕府為責之，感在知己，所不敢辭，則日已昃而未食，雞數鳴而後寢者，蓋往往有焉。文章之事，東之高閣而已，然猶以其聞所及，製為粵風雅二百餘篇，又先後懷人詩七十章，草稿皆在牘背，未遑掇拾。丁卯東歸之前數日，家人輩以為皆廢牘也，而拉雜摧燒之，於藏拙之義甚當，而歌泣已渺不可追。然則祖龍之燄虐矣，顧一生遊迹，以粵東為至遠，屐齒之所及，未可廢也，其未至粵以前及在粵餘詩，敗鱗殘爪，間有存者，輒復寫之。

曰《奇零集》，自識曰：

余於丁卯夏，由粵東之潮州，航海東歸，既過春申江，行未至金陵，遘疾幾殆。至戊辰冬，始以家屬旋里，劫灰滿地，衰病索居，懷刺生毛，閱四五年，竟無投處。癸酉之歲，出門求食，雖間有憐而收之者，而舊時竿木，鮑老郎當，大抵墨突未黔，楚醴已徹。十餘年中，來往吳會，九耗三儉，蘄免寒餓而已。生趣既盡，詩懷亦孤，而自與夫已氏文字挑釁以來，既力持作詩之戒；又以行李所至，習見時流壇坫，尤不敢居知詩之名，即或結習未忘，偶有所作，要之變宮變徵，絕無家法，正如山中白雲，止自怡悅，未可贈人，乃知窮而後工，古人自有詩福，大雅之林，非余望也。顧吾友丹陽束季符大令數數來問詩稿，謂余詩他日必有知者，兒輩亦以葺詩為請，余未忍峻拒，因檢丁卯至乙酉諸詩，雖甚寥寥，猶彙寫之，余年已七十，其或天假之年，蠶絲未盡，此後亦不再編他集矣。

綜其各集自識以觀，足知其才氣壯盛，據傳亞匏抱負卓犖，而運蹇不偶，才足以濟世變，而擯斥終於其身，雖遊幕到處，而竟無真知之者。生平好聲色，狎遊縱酒，抵掌談天下事，聲毿毿然，雖年垂六十，意氣遒上，鐫呵侯卿，有不稱意，涕唾之若腥腐，聞者舌橋，而亞匏夷如也。然於天下得失利病，珠貫燭照，不差忒毫髮，江南平，携家歸，又傾橐縱博，揮霍殆盡，蓋極不自得者也。集中〈原盜一百六十七韻〉、〈得祁兒死訊一百三十八韻〉、〈蘭陵女兒行〉、〈烈女行紀黃婉梨事〉等篇，的是鉅製。不錄贅。

三十五、黃遵憲

天傷星行者武松——黃遵憲（字公度，別署東海公，法時尚任齋主人，水蒼鴈紅館主人，東海黃公。廣東嘉應州人，同治癸酉舉人，官湖南按察使，有《人境廬詩草》）。註：「李詳〈題黃公度人境廬詩草〉云：『廿載無人繼硬黃（貴筑黃琴塢有硬黃之稱，袁忠節昶，復舉以贈漱蘭先師，公度亦可謂硬黃矣），如君合署此堂堂，鳳鸞接翼羅虞網，嶁螘先驅待景皇，詩草墨含醇酖味，英靈名破海天荒，試看生氣如廉藺，孰與吳兒論辯亡。』公度詩有改詩體之志，其成就雖未能副其所期，然一時鉅手矣。」

《人境廬詩》，毀譽參半，徐世昌《晚晴簃詩話》：

公度負經世才，少遊東西各國，所遇奇景異態，一寫之以詩，其筆力識見亦足以達其旨趣，《子美集》開詩世界，為古今詩家所未有也。

論嶺南派近代詩家，黃公度自屬領袖之一。公度號稱識時之彥，歷聘遠西，於歐美政制學術頗能洞照本原，學裕才高，一時無偶。所撰《日本國志》、《日本雜事詩》，具良史之才，備輶軒之採，固已朝野傳誦。中歲以後，肆力為詩，探源樂府，旁採民謠，無難顯之情，含不盡之意；又以習於歐西文學，以長篇敘事見重藝林，時時效之；敘壯烈則繪影橅聲，言燕昵則極妍盡態，其運陳入新，不囿於古，不泥於今，故當時有詩體革新之目，曾重伯、梁卓如尤推重之。雖譽違其實，固一時鉅手也（汪辟疆談〈近代詩派〉）。

公度之詩，一反同光以來詩家深刻清峭之旨，欲別闢境界，盡採方言俗諺以入篇章，在其早歲所作〈雜感詩〉中，已見端倪，如：

> 左陳端溪硯，右列薛濤箋，我手寫我口，古豈能拘牽？
> 而今流俗語，我若登簡編；五千年後人，驚為古斕斑。

其後自序《人境廬詩草》，則竟言：

> 今之世異於古，今之人亦何必與古人同？嘗以胸中設一詩境，一曰：復古人比與之

體；一曰：以單行之神，運排偶之體；一曰：取離騷樂府之神理，而不襲其貌；一曰：用古文家伸縮離合之法以入詩。其取材也，自群經三史，逮於周秦諸子之書，許鄭諸家之註。凡事名物名同於今者，皆採取而假借之。其述事也，舉今日之官書會典方言俗諺，以及古人未有之業，未闢之境，耳目所歷，皆舉而書之。其鍊格也，自曾鮑陶謝李杜韓蘇，迄於晚近小家，不名一格，不專一體，：要不失為我之詩，誠如是，未必遽躋古人，其亦足自立矣。

康有為於公度之詩，稱揚甚至，謂：

公度久廢無所用，益肆力於詩，上感國變，中傷種族，下哀民生，博以環球之遊歷，浩渺肆恣，感激豪宕，情深而意遠，益動於自然，而華嚴隨現矣。

……梁啟超之談清代學術，於詩則謂「三百年中，疲苶特甚」，獨許金亞匏、黃公度、康長素元氣淋漓，為近代三大家。在《飲冰室詩話》中並謂：

近世詩人能鎔鑄新理想，以入舊風格者，當推黃公度。丙申丁酉間，其《人境廬詩稿》，本留余家者兩月餘，余讀之數過，然當時不解詩，故緣法淺薄，至今無一首能舉其全文者，殊可惜也。近見其七律一首，亦不記全文，惟能誦兩句云『文章巨蟹橫行日，世界群龍見首時。

又云：

中國積習，薄今發古，無論學問文章事業，皆以古人為不可幾及。余生平最惡聞此言，竊謂自今以往，其進步之遠軼前代，固不待蓍龜，即並世人物，亦何遽讓於古所云哉？

梁任公自謙不能詩，但自言好論詩，他以為：

詩之境界，被千餘年來鸚鵡名士（自註：「余嘗戲名詞章家，為鸚鵡名士，自覺過於尖刻）佔儘矣；雖有佳章佳句，一讀之，似在某集中曾相見者，是最可恨也。故今日不作詩則已，若作詩，必為詩界之哥倫布瑪賽郎，然後可。猶歐洲之地力已盡，生產過度，不能不求新地於阿米利加及太平洋沿岸也。欲為詩界之哥倫布瑪賽郎，不可不備二長：第一、要新意境；第二、要新語句，而又須以古人之風格入之，然後成其為詩，不然如移木星金星之動物以實美洲，瑰瑋則瑰瑋矣，其如不類何？若三者具備，則可為二十世紀支那之詩王矣。……時彥中能為詩人之詩而銳意欲造新國者，莫如黃公度。……

其新指之鸜鵒名士，頗有一竹篙打翻一船人之概，但又盛稱陳伯嚴推重公度之作，且謂伯嚴之詩：

不用新異之語，而境界自與時流異，醲深俊微，吾謂於唐宋人集中罕見倫比，其〈贈公度〉一首云：

「千年治亂餘今日，四海蒼茫到異人，欲挈頹流還孔墨，可憐此意在埃塵。勞勞歌哭昏連曉，歷歷肝腸久更新，同倚斜陽看雁去，天迴地動一沾巾。」

云云。似頗引重。

（按：此詩散原精舍詩中不載）及公度既歿，任公為撰墓志，稱其「自放廢而後，憂時感事，悲憤抑鬱之情悉託之於詩，故先生之詩，陽開陰闔，千變萬化，不可端倪，於古詩人中，獨具眼界。」

胡適〈五十年來之中國文學〉中，對黃公度亦甚推挹。大意謂：

康梁一班朋友中；……確有幾個人在詩界上放一點新光彩，黃遵憲與康有為兩個人的成績最大；但這兩個人之中黃遵憲是一個有意作新詩的，故單舉他來代表這個時期。

又說：

用做文章的法子來做的詩，長處在於條理清楚，敘述分明……金和與黃遵憲的詩的好處，就在他們都是先求通，先求達意，先求懂得。

胡先驌對梁、胡所言，則云：

梁任公所著《清代學術概論》云：「直至末季，始有金和、黃遵憲、康有為元氣淋漓，卓然稱大家，此語大足以證明任公於詩實淺嘗者也。……黃康之詩大氣磅礴則有之，然過欠剪裁，瑕累百出，殊未足稱元氣淋漓也。」

又云：

近五十年以詩名家者，不下十餘人，而胡君獨賞金和與黃遵憲，則以二家之詩，淺見易解，與其主張相近似故也；實則晚清詩家高出金黃之上者不知凡幾，胡君不知，甚或竟未之見耳。五十年中以詩名家者正眾，決不止金黃二人，胡君一概抹煞，非見之偏、即學之淺，或見聞之隘故也。黃氏本邃於舊學，其才氣縱橫有足多者，然其創新體詩，實與其時之政治運動有關……然彼晚年亦頗自悔，嘗語陳三立：天假以年，必當斂才就範更有進益也。要之，《人境廬詩》在文學史上自有其價值，惟是否有永久之價值則尚屬疑問耳。

高旭《願無盡廬詩話》：

世界日新，文界詩界，當造一新天地，此一定公例也。黃公度詩，獨闢異境，不愧中國詩界之哥倫布矣，近世洵無第二人，然新意境新理想新感情的詩，終不若守國粹的，用陳舊語句為愈有味也。林少泉往時以書寄我，所言可謂先得我心矣。

王一堂《今傳是樓詩話》：

黃公度詩，多紀時事，且引用新名詞，在晚清詩格中，良為變體。人謂其浸濕定菴，石遺則謂其詞饗晞髮。要之，一時代中固有一時代作者，能開風氣，舍君其誰？綜其所作，關係戊戌庚子間國故甚多，惜未及自註，時移事往，誠不免無人作鄭箋之嘆，余最喜君〈新別離〉、〈臺灣行〉諸詩，即論才力，固已一時無兩。

錢萼孫《夢苕盦詩話》：

《人境廬詩》，論者毀譽參半，梁胡輩推之為大家，胡步曾、徐澄宇則以為疵累百出，謬戾乖張。予以為論公度詩當著眼大處，不當小節處作吹毛之求；其天骨開張，大氣包舉者，其能於古人外，獨闢町畦，撫時感事之作，悲壯激越，傳之他年，足為詩史。至論功力之深淺，則晚清倣宋人一派，儘有勝之者，公度長處，固不在此也。

又云：

今日淺學妄人，無不知稱公度詩，無不喜談詩體革命，不知公度詩，全從萬卷中醞釀而來，無公度之才之學，決不許妄談詩界革命。

吳宓〈跋人境廬詩草自序〉云：

黃公度不特以詩見長，其人之思想學識懷抱志均極宏偉，影響於當時者甚大。

吳芳吉於〈四論吾人眼中之新舊文學觀〉文中，持論最為公允，附錄如左：

新詩之歷程有五，始以能用新名詞為新詩，如黃公度《人境廬詩》是也。次以能用白話者為新詩，如留美某博士之集是也。次以無韻律者為新詩，如留東某學士之集是也。次以談哲理者為新詩，如教某女士之集是也。再次以歐化者為新詩，如京滬諸名士之集是也。以能用新名詞者為新詩，是詩之本體，徒為新名詞所蔽，不知詩之真偽，無關新舊名詞者也。以能用白話者為新詩，是詩之本體，又為白話所蔽，不知詩之真偽，無關白話文言者也。以廢棄韻律高談哲理者為新詩，是詩之本體，又為哲理韻律之成見所蔽，不知詩之真偽，仍無關於哲理韻律之有無者也。至以字句之歐化者為新詩，何不直接用歐文為之，是詩之本體，又為歐化所蔽，不歐化者轉不以為是詩，亦未知詩之真偽，尤無關於此也？新派所以有此誤者，蓋其用工，不直向詩之本體是求，而於末枝是競，猶之看花霧裡，以霧為花，扣槃捫燭，翻笑人眇，宜其無是處矣。黃公度詩，氣象薄俗，失之時髦。

三十六、蔣智由、丘逢甲

天異星赤髮鬼劉唐——蔣智由（字觀雲，號愲齋，浙江諸暨人，有《居東集》）。註：「蔣觀雲，詩宗李翰林，頗有逸氣，《居東》一集，不乏名作也。」

天退星插翅虎雷横——丘逢甲（字仲閼，號仙根，號滄海，廣東蕉嶺人，寄籍臺灣。有《嶺雲海日樓詩鈔》）。註：「仙根在嶺南詩最負盛名，中原人士多不能舉其名，工力最深，出入太白、子美、東坡、遺山之間，能自出機軸，固一時健者也。」

蔣觀雲以他籍與嶺南師友相習，而同其風會者，與丘仙根同為嶺南派之健者。觀雲早年，為選報草文，洞見政本，言垂世範，其學以文哲為長，新會梁氏推崇極至。偶事吟咏，句律精嚴，思致縝密，其獨往獨來之氣，又頗與太白為近，及居日本，聞見益拓，亦喜用新理入詩，居東集中頗多名句。與夏穗卿皆以運用新事見長，而又不失舊格，才思不及《人境廬》，然理致清超，又《人境廬》外之別開生面者也。

當甲午之敗，清廷被迫割臺，仙根號召鄉里，舉義師以抗日軍，轉戰臺南北，累挫敵鋒，卒以無援失敗，倉皇歸粵，乃隱嘉應屬之鎮平山中，即今之蕉嶺也。其身雖隱，然時時未能忘臺灣之役，故詩中累累及之，其〈送頌臣之臺灣詩〉云：

> 涕淚看離棹，河山息戰塵，故鄉成異域，歸客作行人。

蓋感愴深矣。所傳之《嶺雲海日樓詩鈔》，慷慨激昂之作，紙上有聲，實以其人富於感情，家國之痛，一寓於詩，不屑拘拘於繩尺間，而自具蒼莽之氣，迹其所詣，頗欲兼太白東坡之長。所可惜者，粗豪之習，未盡湔除，益以新詞謠諺，拉雜成詠，有泥沙並下之嫌，少渟滀洄漩之致，然非此又不必為仙根之詩也。

梁任公云：

> 吾嘗推公度穗卿觀雲，為近世詩家三傑，此言其理想之深邃閎遠也；若以詩人之詩論，則丘滄海其亦天下健者矣。

錢萼孫《夢苕盦詩話》：

丘滄海詩句云：「遺偈爭傳黃蘗禪，荒唐說餅又青田。」黃公度〈感事又寄仲閼〉句云：「流離苦語傳黃蘗，盜竊迷香幻白蓮」，二詩皆能以流俗不經之語，點染入詩，便成雅音。

陳洌論《嶺雲海日樓詩鈔》云：

有清一代，吾嘉屬有三大詩人，中葉有宋芷灣，末年有黃公度、丘滄海二大家，此三人者皆有詩集，乃於世或顯或晦，要皆吾嘉屬之詩人，吾嘉屬之言詩者，莫不推此三人也。

三十七、易順鼎

天殺星黑旋風李逵——易順鼎（字實甫，又字中實，自號哭庵，湖南龍陽人，光緒乙亥舉人，官廣西右江道，有集）。註：「實甫早年有天才之目，平生所為詩，屢變其體，至《四魂集》，則推倒一時豪傑矣。造語無平直，而對仗極工，使事極合，至鬥險韻，鑄偉詞，一時幾無與抗手。」

《石遺室詩話》：

實甫幼有神童之目，稍長有才子之稱。自謂張夢晉後身，詳其所作〈題張夢晉畫折枝長卷詩序〉中。又謂張船山、張春水後身，以為王子晉再世為王曇首，三世為夢晉，四世為船山，五世為春水。實則春水及見船山，焉得為其後身？不過文人結習，託所心好者，以自誇異耳。君於學無所不窺，為考據，為經濟，為駢體文，為詩詞。生平詩將萬首，與樊樊山布政稱兩雄，惟樊山始終不改此度，實甫則屢變其面目，為大小謝，為長慶體，為皮陸，為李賀、為盧仝，而風流自賞近於溫李者居多，雖放言自恣，不免為世所訾謷，然亦未易才也。其集名甚多，曰《丁戊之間行卷》，曰《摩圍閣詩》，曰：《出都詩錄》、《吳船詩錄》、《樊山沌水詩錄》、《蜀船詩錄》、《巴山詩錄》、《錦里詩錄》、《峩眉詩錄》、《青城詩錄》、《林屋詩錄》、《遊梁詩賸》、《廬山詩錄》、《曰宣南集》、《嶺南集》、《甬東集》、《四魂集》、《四魂外集》、《靄園詩事》，蓋足迹及十數行省一地一集也。

實甫詩在湖湘為別派，而詩名反在湘派諸家之上，蓋以專學漢魏六朝三唐至諸家已盡，不得不另闢蹊徑，為安身立命之所，轉益多師，聲光並茂，固別有過人者矣。詩體屢變，晚年乃為任華，橫放恣肆，甚至以詩為戲，要不肯為宋派，但晚年所定全稿，刪剔頗嚴，所存僅數百篇，皆精當必傳之作。

姚鵷雛論近代詩家，謂：

易實甫固能為元白溫李者，於中晚唐詩，固有造詣，少時所作多雋妙，過於近詩，如星光忽墮岸千尺，水氣平添波一層等句，皆少年之作，後不可睹矣。效之者頗多，而佳者尠，易入而難精造也。

石遺亦云：

實甫少作，工者至多，山水遊第一，詠物次之。〈疊韻詠芍藥句〉云：

春疑三月閏，夢醒十年狂，北地傾城色，西天聚窟香。
自憐天下色，生不作花王，西子歸時恨，東皇去後香。
春似中唐晚，人如小杜狂。

〈錢唐雜感句〉云：

陌上有歌歸緩緩，江東無氣鬱蔥蔥，北人自昔難歸北，西子而今尚住西。

〈司馬相如〉云：

賦筆徒聞冠兩京，朱絃才識倦游情，梁園雪與文園雨，便為相如送一生。

……古錦囊中物，未易悉數也。

三十八、夏增佑

天巧星浪子燕青——夏增佑（字穗卿，號別士，浙江仁和縣人）註：「別士詩喜用哲理入詩，名篇頗多，梁卓如嘗舉與公度、觀雲，並推為新詩界三傑，其實三人皆取法古人，並未能脫然自立，黃氣體較大，波瀾較宏，蔣夏皆喜摭新理西事入詩，風格固規橅前人也。」

穗卿學最淹貫，尤長乙部，嘗為諸生講史學，草中史教本，手闢鴻濛，自鑿戶牖，發凡起例，尤具別裁，後此作者雖多，未之或先也。詩則融鑄中西哲理，運陳入新，風格不失其舊，思致務極其新，偶出一篇，淵乎味永，平生所作，僅存雜報，惜無人裒葺，以饜人望耳。當戊戌前，康有為以新學奔走天下，其時詞風丕變，文則尚連犿而崇實用，詩則棄格調而務權奇；其才高意廣者，又喜摭西方史實科學名辭，融鑄篇章，矜奇炫異，穗卿蓋承襲此派而喜為新異者也。

梁啟超《飲冰室詩話》：

昔嘗推黃公度、夏穗卿、蔣觀雲為近世詩界三傑。吾讀穗卿詩最早，公度次之，觀雲詩最晚。然近兩年來，得見觀雲詩最多，月有數章，公度詩已如鳳毛麟角矣；穗卿詩，則分攜以來，僅見兩短章耳；團沙之感，云何可言」。（梁之詩話，係主《新民叢報》時所寫，蓋處東京時也。）

又云：

當時所謂新詩者，頗喜撏撦新名詞，以自表異，丙申丁酉間，吾黨數子皆好作此體，提倡之者為夏穗卿，而譚復生亦綦嗜之。穗卿贈余詩云：帝殺黑龍才士隱，書飛赤烏太平遲。又云：有人雄起琉璃海，獸魄蛙魂龍所徒。當時吾輩方沉酣於宗教，故新約字面絡繹筆端焉。

三十九、楊度

天牢星病關索楊雄——楊度（字晳子，又號虎公，湖南湘潭人）註：「晳子詩工亦深，惟體氣稍嫌平滯。」

晳子與其女弟叔姬，並為王湘綺弟子，服膺師說，始終弗渝。叔姬澤古甚深，所作以五言為勝，晳子志在用世，其詩殊多蒼莽之氣，則湘綺所謂快意騁詞，供世人喜怒也，準諸師說，容有差池。其詩不多見，在日本留學，與梁啟超互相挹重，《飲冰室詩話》中，引有：

晳子之湖南少年歌，並謂昔羅斯福演說，謂欲見純粹之亞美利加人，請視格蘭德；吾謂欲見純粹之湖南人，請視楊晳子。歌頗雄放，如云：「中國如今是希臘，湖南當作斯巴達；中國將為德意志，湖南當作普魯士。」如云：「救世誰為華拿翁，每憂同種一書空，群雄此日爭逐鹿，大地何時起臥龍。」云云。任公讀之，曾有「吾一日摩挲十二回，不自覺其情之移也」

等語。

晳子尚有〈逍遙詞〉一篇，讐句比字，典質俱絜，則純守其師義法，見者頗少，特錄之，句云：

逍遙遊兮，世何途而不坦，身何往而不宜。

無一心之擇別，何萬境之參差！故予懷於宇宙，雖遊戲而無私。

本無心以遇物，故隨地而安之，登高原以望遠，見荒塚之離離。

賢愚異兮生日，白骨同兮死時，通古今於俄頃，合萬代而葬茲。

悟浮生之一夢，愼行樂之無期，爰出門而孤往，任投足之所云。

或策杖於山巔，或泛舟於水湄，臨清流以濯足，凌高岡而振衣。

聽哀泉之異響，挹華木之清姿，枕溪邊之白石，仰樹杪之蒼崖。

柳因風而蹔舞，猿遇雨而長啼，翫水深之魚樂，望天空之鳥飛。

隨白雲以朝出，乘明月而夕歸，藉蒼苔以憩臥，採松實以療飢。

隨所取而已足，何物競之可疑！伴漁樵以共往，見童叟之依依。

肆談笑以適意，信人我之無違，喜山川之寂寞，契遊子之孤懷。
境渺渺以愈遠，情悠悠而自知，常蕭然於物外，與一世而長辭。
惟賞心之自得，歎同樂之人希，偶倦游而思返，即與盡而掩扉。
披詩書以自讀，引杯酒而酌之，任出處之自便，何外物之能羈？
仰天地之閒暇，覺人事之無為，欲長歌以寄意，遂援筆而忘詞。

此在洪憲失敗被通緝時之作，竭力作達觀語以自解，實則外紘愊憶，仍不忘墨綬銅章也。

四十、嚴復

天彗星𢬵命三郎石秀——嚴復（字又陵，號幾道，晚自號瘉壄老人。福建侯官人，船政英文學生，留學英國）。註：「幾道劬學甚篤，詩工最深，惜為文所掩，樹骨浣花，取徑介甫，偶一命筆，思深味永，不僅西學高居上座也。」

《石遺室詩話》云：

戊戌九月，蘇堪出都至漢口，督理京漢鐵路事，嚴幾道自都寄書，中附一詩云：

解後人天別，都來幾晝昏，渚蓮清逭暑，叢桂遠招魂。
投分欣傾蓋，沈寃痛覆盆，不成扶孱弱，直是搆恩怨。
憶昨皇臨極，殷憂國運屯，長吟懷牖戶，痛哭為黎元。
救溺情原切，求賢詔屢敦，明堂需杞梓，列辟貢璵璠。
豈謂資群策，翻成罪莠言，釁真由近習，禍己及親尊。

動魄移宮獄，傷心養士恩，歎應同董養，人況異陳蕃。
夫子南邦彥，當時士論存，一枝翹國秀，三峽倒詞源。
每欲禽填海，深憐蝨處褌，奇材相指柱，高步各攀援。
卿月輝三接，皇風敞四門，淒涼鳴晚鴂，容易刈芳蓀。
且靳東朝論，誰揚太學旛，血疑漂地軸，精定叩天閽。
謠諑氛仍惡，交親淚暗吞，雨雲真旦暮，憂患塞乾坤。
莫更秦頭貴，休將衛舌捫，草堂貲孰寄，吾合老邛樊。

為暾谷作也，余見幾道詩始此，在蘇堪座上，相與嘆賞，後十餘年乃與幾道同客京師。

石遺又云：

辛亥歲暮，余在閩有懷人絕句，懷幾道云：「昔讀君詩自太夷，五言長律極哀思，木庵道子吾摩詰，別有滄浪畫喻詩。」蓋指前事，吾嘗言若以畫喻詩，則木庵為吳道子，石遺為王摩詰也。

又言：

幾道劬學，老而彌篤，每與余言詩，虛心翕受，粥粥若無能者。癸丑歲不盡二日，與話陶江風物，因贈一長句，幾道答和，中二聯云：「即今除夕非佳節，莫向桃符寫舊銜。」、「天下詩才衡左海，故園勝處數楞岩。」寄伯嚴云：「已迴春雁數鮒魚，目斷南雲少尺書，可有園林供獨往，倘緣花月得相於，江湖無地棲飢鳳，朝暮何年了眾狙，說與閉門無己道，去年詩句太勤渠。」皆是革命以後感想。

幾道逝於民國十年辛酉九月二十七日，陳弢庵誌其墓，謂「存詩三百首，其為學一主於誠，事無大小無所苟，雖小札短詩皆精美，為世寶貴。」

陳散原亦有挽句：

死別猶存插海椽，救亡苦語雪鐙前，埋憂分臥蛟龍窟，移照曾開蟣蠓天。
眾噪飛揚成自廢，後生需被定誰賢，通人老學妨追憶，魂濕滄波萬里船。

四十一、曾廣鈞

天暴星兩頭蛇解珍——曾廣鈞（字重伯，號觙庵，湖南湘鄉人，光緒己丑進士，官廣西知府，有《環天室詩集》）。註：「環天室詩，多沈博絕麗之作，比擬之工，使事之博，虞山而後，此其嗣音。近詩人多祖宋祧唐，惟湘人如湘綺、重伯、陳海根、饒石頑、李亦元、寄禪諸人，多尚唐音。」

重伯承其家學，始終為義山，沈博絕麗，在牧齋、梅村之間，《環天室集》，藝林傳誦弗衰。其〈題陳衍所著元詩紀事後〉云：

置酒新亭便可悲，如山褪筆未能奇，見君磅礴傲新界，告我踞觚捐故知。
楚士蒼涼窮北望，閩山秀絕最南枝，論詩常恨無周譜，喜得因君獲導師。

《石遺室詩話》：

湖外詩，古體必漢魏六朝，近體非盛唐則溫李。王壬叟所為以湘綺自號，而呼重伯為聖童也，然重伯閱書多，取材富，近體時溢出為排比鋪張，不徒高言復古。句如：「酒入愁腸惟化淚，詩多譏刺不須刪。」、「已悲落拓閒清晝，更著思量移夕暉。」、「宅臨巴水憐才子，村赴荊門產美人。」則又作宋人語矣。集中如〈重展晉陽君阡蓮塘〉云：

塚墓荒郊今幾載，即論重到也三年，絕無魂夢來相顧，如此韶光獨惘然。

神女生來原是寄，侍兒猶有淚如泉，從知世上紛羅綺，不耐追思未是緣。

亦甚可誦。

四十二、程頌萬

天哭星雙尾蝎解寶——程頌萬（字子大，湖南寧鄉人，官湖北候補知府，有《楚望閣詩集》、《鹿川田父集》）。註：「鹿川田父詞翰繽紛，楚豔之侈也，楚望閣集，與鹿川田父詩集，名作極多，出入唐宋，情韻兼美，閒學中晚唐，氣體要自不弱，可與環天室伯仲矣。長兄伯翰亦能詩，華實並茂，惜其亡久矣。伯翰名頌藩，號葉盦。」

寧鄉程子大頌萬，為雨滄（霖壽）之叔子。雨滄富著述，有《萬涵堂》、《文湖田曉角》詞。子大淵源家學，皆能之，而尤長於詩，於湘鄉曾重伯、龍陽易實甫而外，為異軍之特起，以是名噪光宣間。嘗自言：

文章之道，程功積久而始近於古，非可妄意速成也，若乃端居多暇，稱心而言，吾身所值之境與事，未嘗不藉文字以傳，至於幽憂疾疢之餘，亦惟冥心於文字之中，足以與世相忘而不失乎古，凡吾所為，如是而已。

其詩境凡數變，散原則謂其光緒辛丑以後之作，能囊括宋賢佳境，梁節庵亦謂其可傳，子大則又自謂：「古之人有未盡，今之人有未喻者，胥於是焉發之，未暇計其傳與否也。」

《石遺室詩話》云：

程子大詩才瑰麗，刻有《楚望閣集》十五卷。〈春日示姪鼇〉云：

草堂臥病春自憙，稼竹隖花嬌可憐，雖無長公來著展，幸有小阮吟隨肩。
牆頭罣柳晚虹見，籬落破筍朝雷顛，十年欣汝得慰藉，不逐春物躭時賢。

〈題辟疆菊飲詩卷和韻〉云：

卷幔秋心黯草堂，陶公閒醉阮公狂，百年老去有詩卷，九日歸來非故鄉。
霜澀擁簾嫌酒薄，風強埽地逼年荒，江山文藻都銷歇，曾說豪情比孟嘗。

句如〈讀寄禪憶四明山水〉云：「萬頃蓮花洋拍岸，千盤舍利塔為峰。」又「太白峰頭問童子，玄黃刦外禮空王。振衣海色低窮髮，洗鉢詩心入大荒。」〈題任城紀遊圖〉：「水竹署亭長，琴書生晝涼。」有逸語、有豪語、有悲慨語。子大文詞外兼精工藝，潦倒一官，由郡悴而郡守，廣雅督部檄使監督學堂，一時余主商業，君主工業，因集股興設工廠，竹器、木器、漆器、繡貨、造紙、印刷之類，罔不精工，惜中國資本家無膽識，觀望不前，致股本不繼，終歸失敗。武昌兵事起，遊宦者無不倉皇出走，獨君與華陽顧印伯大令印愚，株守危城，貧不能去者二年。……

石遺又言：

子大驚才絕豔，初刻《楚望閣詩集》。專為古樂府六朝，以追溫李昌谷，不越湖外體格，亂後續出《鹿川田父集》，則生新雅健，迥非凡手所能貌襲矣。

四十三、章炳麟

步軍將校十七員：地默星混世魔王樊瑞——章炳麟（初名學乘，字枚叔，後易名絳，又改炳麟，字太炎，號菿漢閣主，浙江餘杭人）。註：「太炎經學，為晚近大師，詩原出漢魏樂府，古豔盎然，世不多見。余曩在申江，曾見友人錄其五言古若干首，頗有閱世高談，自闢戶牖之概，惜未寫錄，今尚悵之耳。」

餘杭大師，篤守賈服，旁及文史，著書都講，卓然宗師，詩則出其餘事，心儀晉宋，樸茂淵懿，足稱雅音。《石遺室詩話》云：

二十年前，從湘人章伯和處，見章太炎所著左傳經說，以為杭州人之傑出者，言於林迪臣高嘯桐，使羅致之。戊戌正月，客張廣雅督部所，廣雅詢海內文人，余舉孫仲容皮鹿門，以次及君。廣雅以為文字詭譎。余復言：終是讀書人。迨余入都，聞廣雅已電約君至鄂，旋聞以與朱強甫談革命，強甫以告星海，星海將懸而榜之，未果，狼狽歸。迨余回鄂，案上有君書一函，言以上狀，並言至滬訪余不遇，聞余入杭，又訪余於杭亦不遇，終斥廣雅之非英雄。余以其書呈廣雅。君學問優長，小學世尤罕其匹，詩未之見，近見其自敘與鄒容獄中倡和詩云：

「威丹素知雕刻摹篆之術，因窺小工，尤五百四十部首說解，皆略上口，而不習為韻語。既入獄，欲以詩語遣悶，余曰：第為之，雖不工亦無害。威丹即題塗山一絕，塗山在蜀，世傳塗山女故國也。其詩曰：蒼崖墮石連雲走，藥叉帶荔修羅吼，辛壬癸甲今何有，且向東門牽黃狗。余向疑威丹不能詩，及讀是絕，奇譎似盧仝李賀，以為天才。戲作一絕和之云：頭如蓬葆猶遭購，足有旋輪未善馳，天為老夫留後勁，吾家小弟始能詩。亦西陸蟬聲後一故實也。」

太炎於詩文，薄唐宋而右魏晉，嘗言：

雅而不核，近於誦數，漢人之短也；廉而不節，近於彊鉗，肆而不制，近於流蕩，清而不根，近於草野，唐宋之過也。有其利無其病者，莫若魏晉。』

又嘗論詩：

> 唐人絕句，不用故實，詩之佳者不須故實。並舉唐人句「估客晝眠知浪靜，舟人夜語覺潮生。」即景即情，並無故實，亦佳句也。……

其入張之洞幕，初亦頗受器重，以其文字詭怪，多為同僚評擊。某次，張偶與談康有為，有帝王思想，章曰：「帝王思想人人有之，不足為怪，可怪者人人不敢自認有帝王聖人思想，康氏獨敢，故不免誇誕耳。」張不悅，贈金遣之去。太炎曾賦〈艾如張〉記其事，有：

> 今我行江漢，候騎盈山丘，借問仗節誰，云是鏗荊州，絕甘寓朝賢。
> 木瓜為期酬。至竟盤盂嘗，文采驤田侯，去去不復顧，迷隔當我遊。

太炎詩不多見，曾見其手寫民國五年出都以後所作詩，共三十八首，舉其數首，如〈黑龍潭〉云：

昔踐松花岸，今臨黑水祠，窮荒行欲盡，垂老策無奇。
載重看黃馬，供厨致白羆，五華山下宿，扶仗轉支離。

〈自畢節赴巴留別唐元帥〉云：

曠代論滇士，吾思楊一清，中垣消薄蝕，東勝託干城。
形勢稍殊昔，偏安問漢圖，江源初發迹，夏渚昔論都。
直北餘逋寇，當關宜一夫，許將籌箸事，還報赤松無。

〈食瓜〉云：

膏火長為患，呼僮且買瓜，不辭停濁酒，正爾醉流霞。
卻熱頻添淩，承塵為籠紗，青門戰方劇，莫問故侯家。
老欲灌園去，於陵已陸沉，海隅沙正白，塞上氣猶陰。

大實能寒膽，明燈不繫心，休將天子樹，還以換兼金。

〈長沙謁賈太傅祠〉云：

高鳳縹縹遰清影，公去何之石牀冷（祠有太傅石牀）。
未央宣室長寂寥，千家尚飲先生井。

〈生日自述〉云：

蹉跎今六十，斯世孰為徒，學佛無乾慧，儲書不愈愚。
握中餘玉虎，樓上對香鑪，見說興亡事，拏舟望五湖。

〈己巳長夏紀事〉：

我本山谷士，失路趨堂廉，伐華既十稔，重茲風日炎。

荃葛甫在御，短製無垂襜，粥定正代外，虀美如遺鹽。
啖此勝百牢，披襟步長檐，藹藹出牆樹，淙淙筒中瀸。
市閭或問字，百名方一縑，漱筆藉顛棘，澱盡潁自銛。
捝玉得越中，破觚逾蒼磁，故書適一啟，蠹食殊無綅。
呼童下香藥，胼汗勤自拈，平生遠膏沐，兩鬢常鬑鬑。
朋來跣不襪，夷惠宜可兼，時復效禽戲，而不求青黏。
但為滌塵慮，焉識速與淹，大化苟我道，老洫終如緘。

並〈致季剛旭初〉云：

夏日吟咏，往往少山水風景，則以避暑不出故也。僕則蟄居於此，四時不異，故亦不廢斯事，適作〈長夏紀事〉一首，皆附事實，故反多新語，因自來水無名可施，以釋水泉一見一否為瀸，即以名之，此詩略脫向日窠臼，雖然，不追步陶謝，恐與蘇黃作後塵矣。

極見自負。

民國十九年以後，共九首，計庚午二首，癸酉四首，乙亥二首，丙子一首。如〈癸酉人日〉云：

塞上春風草又新，天開胡騎蹴輕塵，南朝煙柳干何事，萬里車書付故人。

〈聞得賊諜〉云：

金丸一夜起交民，射殺湘東舊領軍，借問長陵雙石馬，可知傳法有沙門。

〈詠南豆〉云：

南風難競北風涼，日日行旌望五羊，長是相思隔阡陌，為君遙寄紫羅裳。

曠代經神相惠家，風流猶寄一株霞，橫塘春色凋零盡，漫問曹侯宅裡花。

四十四、譚嗣同

地暴星喪門神鮑旭——譚嗣同（字復生，號壯飛，湖南瀏陽人，諸生，官候補道員，加四品卿銜，參與新政，光緒戊戌政變被殺，有《莽蒼蒼齋詩》）。註：「瀏陽三十以前詩多法少陵，三十以後迺有自開宗派之志，惟奇思古豔，終近定菴，且喜摭西事入詩，頗有詩界彗星之目。」

復生豪放任俠，慷慨好議論，書學曹子建碑，挺拔如其人，甲午戰後，提倡新學，戊戌參與新政，變作棄市，繫獄時題一詩：

望門投止思張儉，忍死須臾待杜根，我自橫刀向天笑，去留肝膽兩崑崙。

為世傳誦。其詩體數度轉變，在其〈報劉松芙書〉中，曾自言：

嗣同於韻語，初亦從長吉飛卿入手，轉而太白，又轉而昌黎，又轉而六朝，近又欲從玉谿，特苦不能豐腴。

從其早年所作以觀，一變再變，可見其刻勵處。後識梁啟超，又從模仿中脫穎而出，以俚語新詞入詩，被殺時僅三十四歲，天生奇才，未能多所發揮，滋為可惜耳。

綜其全部遺詩，七古近昌黎，如〈秦嶺〉一詩：

泰山奔放競東走，大氣莽莽青嵯峨，至此一束截然止，狂瀾欲倒迴其波。

百二奇險一嶺扼，如馬注坂勒於坡，藍水在右丹水左，中分星野淩天河。……

等凡四十六句，三百二十二字，氣魄雄渾，頗似昌黎之石鼓歌。五言律詩，風格略似王孟，鍊字則如長吉，如〈道古山〉一首：

夕陽戀高樹，薄靄入青峰，古寺雲依鶴，空潭月照龍。

塵消百尺瀑，心斷一聲鐘，禪急渺何著，啾啾階下蛩。

五古則取法六朝，如〈湘痕詞〉八首，其一云：

爾知百年內，此生無久理，猶冀及百年，雖死如不死。
豐林秋故凋，嘉卉霜乃萎，孰謂少壯人，一去不可止。
哀哀父母心，有子乃如此。

七言律詩，矯健凌厲，酷肖昌黎，悱惻纏綿，極似玉谿。似韓者如〈除夕〉四首之一：

年華世事兩迷離，敢道中原鹿死誰，自向冰天鍊奇骨，暫教佳句屬通眉。
無端歌哭因長夜，婪尾險夷賸此時，有約聞雞同起舞，燈前轉恨漏聲遲。

似李者如〈留別湘中同志〉八首之一：

睡觸屏風是此頭，也曾閒絹向荊州，生隨李廣真奇數，死傍要離亦壯游。

洛下埋名王貨畚，蘆中託命吳操舟，東家書劍同累狗，南國衣冠惜沐猴。

梁飲冰曾跋此詩，謂篇中語語有託，而其詞瑰瑋連犿，斷非尋常所能索解，紱塵嘗稱此詩惟余能解之，今紱塵亦亡，誦元遺山無人作鄭箋句，又愴然淚下矣。至其七言絕句，亦稱豪邁，如〈井陘〉一首：

平生慷慨悲歌士，今日驅車燕趙間，無限蒼茫懷古意，題詩獨上井陘關。

輕約處如〈邠州〉：

棠梨樹下鳥呼風，桃李蹊邊白復紅，一百里間春似海，孤城掩映萬花中。

石遺亦稱其異才，不為諸派所囿。

四十五、黃侃、劉光漢

地飛星八臂哪吒項充——黃侃（字季剛，號病蟬，又作病禪，湖北蘄春人。）

地走星飛天大聖李衮——劉光漢（原名師培，字申叔，別署左盦，江蘇儀徵人，光緒壬寅科舉人）。註：「季剛、申叔皆與太炎關係較深，申叔社友，季剛則太炎高足也。申叔詩法子美，間學漢魏，氣體頗大，略嫌膚廓，季剛則專學選體，華實並茂，雖近摹擬，要不失為學人之詩也。」

季剛尊人祥人（運鴘）博通經史百家，七十始生季剛，行十，稱黃十公子。幼讀書有神悟，得力於庭訓者實多，留日時，與太炎同寓，旋從太炎治古韻，復能精思獨詣，自成家法。太炎於古今人少所許可，獨稱季剛，謂「清通之學，安雅之詞，舉世罕與其比，雖以師禮事予，轉相啟發者多矣。」

生平著述宏富，多未勒成專書，詩詞彌多性情之作，如〈題某女子題壁詩後〉：

戎幕棲遲社拉之，愁來長詠杜秋詩，美人紅淚才人筆，一種傷心世不知。
簪筆何殊挾瑟身，天涯同病得斯人，文才遠愧汪容甫，亦擬擒詞弔守真。

〈題馬守真畫蘭〉：

誰信幽蘭是國香，託根非所亦堪傷，秦淮煙柳空蕭瑟，不見琅琊大道王。

〈貽弟子某〉云：

盡埽粃糠繼雅聲，眼中吾子快平生，要將松玉推靈運，頗有江山助屈平。
濁酒君須來寂宅，偏師我欲撼長城，異材難得宜培護，祝爾終能紹往英。

於婉約中而有豪客氣，學人之詩也。

儀徵三代傳經，申叔幼承先業，服膺漢學，博通書史，詞章雄麗，步武齊梁，允為儒林之彥，所惜誤於政治，憂傷摧折，遂隕厥年。錄其〈書揚雄傳後〉五古一首，蓋蹇滯都門所作也。句云：

荀孟不復作，六經秦火餘，篤生揚子雲，卜居近成都。
文學窮典墳，頭白窮著書，循善誘美人，門停問字車。
法言象論語，太玄開潛虛，反騷弔屈原，作賦比相如。
訓纂辨蝌蚪，方言釋蟲魚，雖非明聖道，亦復推通儒。
紫陽作綱目，筆伐更口誅，惟據美新文，遂加莽大夫。
吾讀華陽志，雄卒居攝初，身未事王莽，茲文得無誣。
雄本志澹泊，何至工獻諛？班固傳信史，微詞雄則無。
大醇而小疵，韓子語豈疏！宋儒作苛論，此意無乃拘。
吾讀揚子書，思訪揚子居，斯人今則亡，弔古空躊躇。

（此詩自謂為遊蜀之作，揣其語氣，似為洪憲失敗解嘲之作也。）遺著凡七十四種，《左庵詩文集》僅八卷，其餘為經學諸子之斠補考異及論文雜記等。

四十六、吳保初

地伏星金眼彪施恩——吳保初（字彥復，亦字君遂，號北山，別署瘿公，安徽廬江人，廕生，官刑部主事，有《北山樓集》）。註：「北山品節極高，詩亦悲壯，遣詞命意，時近臨川，其迴腸盪氣之作，亦不亞海藏樓也。」

彥復與陳石遺同出寶竹坡門下，《石遺室詩話》云：

己亥，彥復客武昌，所常過從者，子培及余，余答子培詩所謂「屢簡吳郎益舊題」也。彥復與余拉雜唱和者甚多，稿零落殆盡，有〈讀陳石遺詩集，遂和其論詩原韻〉云：

客邸鎮無聊，向人借書看，遊與久已闌，吟侶亦漸罕。
暮攜陳子詩，兀兀誦至旦，……

師門君所思，世途吾已憚，雖有鴻羽儀，不及羊頭爛。
澤畔放臣吟，樓頭思婦歎，詞妥極艱辛，語妙益悽惋。
始覺涪翁豪，不及臨川鍛，吾師擅風雅，薪傳火未斷。
救衰雖已遲，振靡或未晏，誰為壓卷篇，有人唱之渙。

彥復清提督吳武壯長慶子，名保初，一字君遂，以將門之子，儒雅能文，學詩於寶竹坡先生，詩中所稱師門者也。時人以君並譚嗣同、丁惠康、陳三立稱四公子，任子得官，在刑部數年，非其所好，前後與剛毅端方齟齬，樵悴以死，事詳余所作傳中。余有一詩，題〈彥復屢以詩見枉，迄未有贈答，以二十字書其哭姬人詩卷後〉云：

事事肖吾師（謂竹坡先生），姬亡屢哭之，尋常詩已肖，尤肖哭姬詩。

蓋喜納姬，喜為詩，尤喜為長慶體之詩，師弟二人相同也。彥復答云：

鯫生百不肖，惟哭肖吾師，哭肖詩不肖，吾師夙知之。

亦足解頤。

四十七、丁惠康

地幽星病大蟲薛永——丁惠康（字叔雅，廣東豐順人，邑諸生，官分部主事）。註：

「叔雅襟期高亮，詩亦如之，少與曾剛庵（甫）齊名，吐屬蘊藉，與曾詩取徑略同，但氣體差弱耳。叔雅交遊遍海內，死時輓詩極多，皆足以傳叔雅也。」

《石遺室詩話》云：

丁叔雅為雨生撫部令子，標格直是晉宋間人，詩文雖未大成，而絕無一毫塵俗氣，卒年未四十。……

又云：

丁叔雅有〈奉懷石遺老人病狀詩〉云：

苦念空齋老病夫，近來詩思定何如，斜街短屋飛花滿，蕭寺華年把琖虛。
與汝安心寧已了，偷閒作計未全疏，憑誰更話溫存味，慵捲晶簾對道書。

此見過視病，歸後作也。余答詩云：

畸人丁野鶴，能訪老迦陵，春去愁如海，詩來意似冰。
斜街婁尾藥，老屋半身藤，君看繩床客，枯眠即是僧。

雨生撫部精通流略，富於收藏，叔雅承其家學，淹雅閎通，襟懷瀟落，詩絕無塵俗氣，早年所作，有惘惘不甘之情，晚居北都，始變堅蒼，四公子並有高名，益以感愴世變，亟瀹新知，先覺之稱，庶幾無愧。

石遺又云：

叔雅又有〈石遺老人答以新詩，覺前意有未盡，重申一首〉云：

君為秋士悲多病，我久春明意未舒，獨夜悽惶窾蚯蚓，盈襟塵淚泣枯魚。
繩床經案原非病，藥椀齋糜奈已癯，萬事不如麻木好，可能言說亦刪除。

招余〈集江亭〉云：

精藍舊事傳江總，座上詩人是古靈，半日浮生餘覺夢，十年小劫有孤亭。
無多名士垂垂老，如此長條故故青，最是道心無住著，芳英滿甸眼曾經。

叔雅為丁禹生撫部少子，家有園林，富藏書，多精槧鈔本，旁及書畫金石瓷器，皆是雄視一時，而皆棄不顧，一身流轉江湖，若窮士之飄泊無依者。能詩、善書、精鑑別，聲名藉甚，當世士夫，無不知有丁叔雅，在同時三公子中，當兄事伯巖，弟畜彥復。後留滯京師，余識之不數年，蹤跡至相密邇，事余如兄長，余時方喪妻，君亦喪其愛妾愛子，支離憔悴，殆不可為懷。然余遇悲從中來，能痛自發洩，極之於其所往，雖根株碻不可拔，亦所謂蹂躪其十二三，蓋拗怒而少息者。叔雅意既不廣，口復不能自宣其湮鬱，其不言而自傷者，臣精暗已銷亡，竟夭天年，聞者無不悼痛。年來每有所作，輒用舊紙，錄存余所，若預知其將死者。少與其鄉曾剛甫參議習經齊名，客邸所需，及病中醫藥，身後棺殮，皆剛甫一人任之，可謂古道可風者矣。余哭之二首云：

叔雅蘊藉人，天懷復澹蕩，云胡凶短折，此理呈惘惘。
我觀人間世，攻取日擾攘，六極終曰弱，寇賊所滋長。
難云情與理，遣怨時自廣，行為輒拂亂，微慍積何往。
所恃戰勝力，摧陷見開朗，君胡久相忍，譬若癰暗養。
我時決便道，亦或豁以爽，剛柔終異質，變化非可強。
仲宣既尫羸，孝章復惝怳，遂令歸無形，寒郊送泱漭。

入春哭嘯桐，入夏哭叔雅，毅豹乃同歸，各自發癥瘕。
造物汝何仇，友朋不我假，意行或臨水，看花每適野。

長安塵堁中，似此人蓋寡，吹笙彈鳴琴，聊復我心寫嘗與章曼仙叔葆數人，為古樂會。
風月不用錢，方謂恣陶冶，愁人秋夜長，詎料燈燭灺。
聯翩錄新詩，蛀紙足揮灑，似知生有涯，貽我動盈把。
行當印千本，祭告詩窮者，性靈化煙雲，知識空般若。

叔雅逝後，石遺欲裒其遺詩，刊一小集，久未如願，及輯近人詩為《近代詩鈔》，乃盡錄叔雅手稿之存於其處者入之，句多可誦，不盡錄。

四十八、鄧方

地鎮星小遮攔穆春——鄧方（字方君，一字秋門，廣東順德人，有《小雅樓詩集》）。

註：「秋門驚才絕豔，綺歲有聲，小雅樓詩，感時撫事，不亞婁東，使假以年，其成就固不僅只此也。」

《石遺室詩話》：

余未識秋門，曾識其兄秋枚（實），皆才人也。秋門早卒，年僅二十有一，已有駢體文一卷，詩八卷千有餘首，大略五言多近漁洋，七言多近梅村，斯已難矣。特錄其不近梅村漁洋者若干首，斷句如：「鶯花話舊張三影，詞賦哀時郭四朝」、「夢尋紫邏蠕蠕塞，身號青山僕僕仙」、「東南孔雀飛飛去，西北高樓渺渺憑」、「一城花月庾開府，兩鬢江山趙倚樓」。集句如：「三峽樓台淹日月，五陵衣馬自輕肥」對仗皆工。

當晚清新學風靡之時，秋門與其兄秋枚，僑寓申江，綺年劬學，有聲於時，又曾遊簡竹居（朝亮）之門，以用世自期許。秋門嘗獨走塞下，覽山川形勢，發為詩歌，感時撫事，哀怨無端，詩格在吳梅村、杜于皇之間，驚才絕豔，兼與《秋笳集》為近，卒年才二十有一，今所傳之《小雅樓詩集》，名篇雋句，猶在人口，惟以閩贛派領袖詩壇之故，此派詩頗不為人所重，實則為嶺南派之健者也。秋枚亦能詩，清言霏雲，每移人情，有〈秋夜檢亡弟秋門遺詩〉云：

白日忽已暮，西風吹我廬，幾日不出門，庭葉落已無。
大野空蒼蒼，寧為載愁區，來日適大難，去者不可呼。
海水日夜東，暫留難斯須，嗟哉我弟兄，壯歲多崎嶇。
南北萬里別，坐哭天一隅，天寒各歸家，慘慘顏色枯。
生無一命寄，死無一日娛，汝歌動我懷，汝吟憎煩吁。
汝病我鋤藥，泥足荒丘塗，暮歸坐床頭，寒燈照人孤。
一朝辭我去，埋骨青山墟，月明荒草碧，萬古長欷歔。
我悲汝不知，辛苦獨愁予，愁予亦已矣，生死竟何如。

寒風吹敝帷，秋堂夜空虛，黯黯青楓林，魂來若模糊。
展篋欲吞聲，終宵自躊躇，俯仰千載名，人事恐見疏。
感此不能寐，起行步前除，草蟲鳴我旁，微霜沾人裾。

《小雅樓》詩句多可誦，五言如〈梅〉：

細雨關山路，江南兩度梅，真成道旁折，復傍戰場開。
雪裡行舟泊，春前驛使來，垂垂花自發，歲暮有人哀。

七言絕句如〈東箱題壁〉：

酒冷香微下玉鉤，更無人處獨登樓，梧桐吹墮一階影，暮雨瀟瀟曉未休。

七律〈放言〉云：

風雨高吟兩鬢塵，閉門敢已定千春，花邨事業虛耆舊，獨漉文章見苦辛。
滿地江湖餘我輩，百年河嶽幾詩人，古賢遺直今寥落，香草誰家著意新。

四十九、李希聖

地僻星打虎將李忠——李希聖（字亦元，湖南湘鄉人，光緒壬辰進士，官刑部主事，有《雁影齋詩存》）。註：「亦元詩學玉溪，得其神髓，《雁影齋集》初刊成，自譽以為少陵不能過，有謂其詩似義山者，心輒不怡，其自負如此。」

李亦元詩學晚唐，情韻不匱，與玉溪生為近，〈庚子紀事〉諸篇，實詩史也。陳石遺云：

亦元通籍後始學為詩，有作必七律，以玉溪生自許，嘗寫其得意之作若干首，寄示余，余錄其〈西苑〉、〈湘君〉二律，謂可肩隨薩天錫云。

《石遺室詩話》云：

湘鄉李亦元希聖，曩聞余有詩話之作，端楷錄所作七言律十數首，自都寄余，請去留。為錄〈望帝〉、〈湘君〉二首，報以詩曰：

眇眇愁余有所思，玉溪寄託楚人詞，湘君目斷靈旗影，望帝心傷錦瑟詩。
已續廣陵妖亂志，更堪元老夢華悲，誰知亭角陳居士，客子光陰少捻髭。

效亦元作玉溪生體也。亦元能為駢體文，張鐵君學使亨嘉，按試長沙，余總襄校，亦元有擬桓溫責王猛書，頗具晉宋氣骨，取入湘水校經堂第一。庚子之亂，著有《拳匪傳信錄》，自肇亂至於西狩，不及萬言，能盡情變，自負可追王闓運《湘軍志》。望帝詩為清景帝作，湘君詩為珍妃死於井中作也。〈湘君〉詩曰：

青楓江上古今情，錦瑟微聞嗚咽聲，遼海鶴歸仍有恨，鼎湖龍去總無名。
珠簾隔雨香猶在，銅輦經秋夢已成，天寶舊人零落盡，隴鸚辛苦說華清。

〈望帝〉云：

玄菟城頭紫氣橫，長安月照國西營，天邊馬角無消息，海外龍髯有死生。
貢使祗應供夏葛，歸期猶及薦春櫻，煙花繞禁今如昨，莫遣張衡續兩京。

又云：

往者李亦元每自譽其詩；命自舉得意之作，誦一絕句云：

重逢又十年，雲門風物尚依然，楊花瘦盡桃花落，開到酴醾更可憐。

自言其鄉雲門寺旁，鄭氏有三女，皆有色，長者嫁一兵；次嫁賈人，先死；三者尤豔。感而題壁，屬余必載之詩話，歐陽君重曰：此尚不及為我〈題吳楚兩生圖〉者，詩云：

京兆相逢俠少場，吳生落拓楚生狂，短衣匹馬橫門道，一試郊原春草長。

余曰：「吳生句正好與楊花句作對，君重卻占便宜了。」楚生即君重也。亦元有〈挽陳石銘撫部〉聯句甚長，末二句云：「被放行吟，抗疏猶爭鸚鵡夢；空山落日，吞聲再拜杜鵑魂。」實則只此四語足矣。

五十、吳用威

地異星白面郎君鄭天壽——吳用威（字董卿，號扆齋，浙江仁和人，官福建鹽運使，有《蒹葭里館詩》。）註：「扆齋詩風神搖曳，不減張緒當年，新城以後，此為嗣音。至其風骨高騫，情韻兼美，並世諸賢？亦當頫首。」

汪辟疆談近代詩派，以吳董卿列江左派，謂：

仁和吳董卿早負才名，與當世詩人，往還較密，少作清麗自喜，晚稍堅蒼，然酬應之篇，出筆太易，要不無詬病耳。

《蒹葭里館詩》集，有〈讀宋人詩〉六首：

烏塘春水柘岡花，投老鍾山可憶家，捐得相公拗性去，倘迴光景到桑麻。（其一）

梅翁堅瘦醉翁腴，坡谷前頭故自殊，好語一生能有幾，亂雲春水夢西湖。（其二）

陵陽老守竹三昧，緩帶看雲寫性靈，早識烏臺有詩案，栽花才了種浮萍。（其三）
絕俗清新豈浪誇，微憐詩筆太槎枒，斷雲爭誦垂虹句，我愛三時看好花。（其四）
長愛吾鄉林處士，解吟埋照酒醪中，沈冥自是承平福，何處青山著病翁。（其五）
詩人要瘦言真詎，怪底閉門長忍饑，聞道學仙須換骨，可容親見五銖衣。（其六）

它如七言長古〈青溪春泛遇伯嚴笠儕於別舫，時伯嚴將歸省墓，笠儕亦暫還彭澤，賦此送之〉：

青溪二月桃始華，似與人面爭朝霞，嬉春兒女惜春景，日日對花愁日斜。
淮陽汲黯但工臥，聽鼓不用晨趨衙，酒人三五挈吟榼，推篷意與江湖遐。
歡場何少別何易，舊時儔侶今天涯，風燈過眼石火急，難得小聚如摶沙。
花枝盈盈照深盞，身雖應官心出家，歌聲誰復辨秦楚，解酲正要箏琵琶。
陳歐二子況同調，急駕小艇逾冰車，亦知萬事不掛眼，且辨行樂餘何嗟。
似聞二子欲歸去，而我繫縛甘匏瓜，緘詩附子訊匡俗，山中靈藥應抽芽。

七律如〈飄颻〉：

飄颻神思在雲霄，短酌孤斟不自聊，狼藉春偏歸緩緩，滯淫天亦厭瀟瀟。暫晴山勢爭飛動，積晦江聲轉寂寥，靜斂心光窺兩戒，一鐙如夢萬魔驕。

〈攄憤〉：

到此真無憤可攄，一蒲團地是秦餘，蜂窺花妥心猶競，鳥趁陰濃意小舒。漉酒澆書消日晝，煎茶燒葉聽風初，青山不與人間事，默立斜陽獨起予。

〈紀事〉云：

摶土作人原戲耳，偶然加膝偶沉淵，盧生莊叟不同夢，猨鶴沙蟲俱可憐。叩馬六軍成此局，墮驢一笑是何年，甘陵南北風流監，皀帽遼陽獨汝賢。

〈贈拔可〉：

斷夢難尋宣武門，閒身端合住江村，雷音似覺諸天靜，風義猶能萬口喧。

稍喜林逋有遺稿，卻思王粲一銷魂，與君更說西來意，記取華嚴半偈存。

皆可誦也。

五十一、張謇

地魔星雲裡金剛宋萬——張謇（字季直，號嗇庵，又稱嗇翁，江蘇通州人，光緒甲午狀元，有《張季子詩錄》六卷）。註：「嗇庵詩，氣體清剛，微傷直率。」

《石遺室詩話》：

季直詩，超超元箸，而時喜作詰屈語，故是才人能事。

又云：

丙戌己丑間，余由蘇戡識季直，今隔二十餘年不相見矣。憶於蘇堪扇頭，見其〈題松鶴圖〉絕句云：

養鶴先增二頃田，種松繞屋長風煙，縱教此事都難得，畫裡婆娑也自賢。

此種意調，偶作甚可喜。余亦有二絕句云：

我有陶江數畝田，妻梅養鶴足生全，李家山下遲歸去，只恐無人送羽仙。

昨日歸來從岱頂，古松千樹鬱盤盤，並無一鶴巢居者，都去乘軒刷羽翰。

戲為朱古微〈題歸鶴圖卷〉也。未幾，武昌兵事起，高軒者流，皆如衛師之熸於熒澤，余亦歸去李家山下，不乘車而戴笠矣，寧詩讖乎。

汪辟疆談江左詩派，謂：

張季直以廷對受知，大魁多士，通籍之始，頗有致君堯舜上，再使風俗醇之志，所志未行，乃去而善一鄉，興業阜民，備歷艱苦，改物登朝，終鮮樹立，世人或以此譏之，然其志固可諒也。詩非專至，要無俗韻，則以與當代詩人聯吟接席，習染既深，終謝浮響。

嗇翁旣耗名場，五應鄉試不中，又四應禮部試均報罷，直至甲午恩科，始中式六十名貢士，殿試遂魁多士，對於松禪相國，不無知遇之感，集中如〈奉呈常熟尚書〉四首，錄其一云：

東坡初出門，獨嚮歐陽子，昌黎掖後進，拳拳在張李。
古人慎所緣，身名託終始，攀躋猶及公，州郡忝鄉里。
十年遼海軍，苦辛狎泥滓，公與幕府牋，問訊輒書尾。
知公大雅人，等閒不足擬，憂患能知幾，恂慄斯有斐。

及松禪被放，又有〈奉送松禪老人歸虞山〉：

蘭陵舊望漢廷尊，保傅艱危海內論，潛絕孤懷弭眾謗，去將微罪報殊恩。
青山居士初裁服，白髮中書未有園，煙水江南好相見，七年前約故應溫。

及

樓台無地相公歸，借住三峰接翠微，濟勝客輸腰腳健，憂時僧識髩毛非。
尚湖魚鳥堪尋侶，大澤龍蛇未息機，正可齋心觀物變，蒲團飽喫北山薇。

松禪既歿，復有〈虞山謁松禪師墓〉一首：

淹迴積歲心，一決向虞麓，晨暾徹郭西，寒翠散岩壑，夾道墳幾何，鴿峰注吾矚，停輿入墓廬，空庭冷花竹，亟趨墓前拜，背楚淚頻蓄，悽惶病榻語，萬古重邱岳，抵死保傅哀，都忘編管辱，尊騶貢大義，凝欷手堅握，寧知三日別，侍坐更不續，期許散或忘，文字尚負託，平生感遇處，一一繚心曲，緬想立朝姿，松風凜猶謖，九原石台前，隨武不可作。

皆見性情。

五十二、周家祿

地妖星摸著天杜遷——周家祿（字彥昇，江蘇海門人，優貢生，官訓導，有《壽愷堂詩編》）。註：「彥昇詩，寄託深微，情韻不匱。」

陳石遺云：

彥昇詩，余所見不多，索之，錄其《朝鮮樂府》一卷見示，老當無懈可擊，今未選。其〈和蘇堪登洪山閱兵台兼憶舊遊句〉云：「幕府勝談陪峴首，上游清望繫神州。」洪山為張廣雅督鄂時大蒐軍實之地，台據山巔，蘇堪子培皆有詩，君曾參廣雅幕也。

汪辟疆云：

彥昇詩以清廉見長，沈博不及桂之華軒，而韻味差綿遠，惜其壽愷堂集存詩太多，如嚴加刪汰，則無懈可擊矣。

按：彥昇與朱曼君、張季直同佐吳長慶幕，曼君亦有《朝鮮雜詩》，而工麗則稍遜於彥昇之《朝鮮樂府》也。

《石遺室詩話》云：

周彥昇明經家祿，海門人，與張季直修撰謇，朱曼君孝廉銘盤，均為黃漱蘭先生體芳門下士，同遊吳武壯長慶幕，從軍高麗，著有勒鮮樂府一卷。長於考據之學，陸寶忠督學湖南，但立畫諾，命題衡文，皆君一人總其成。詩不多作，有〈石遺先生枉贈長句次韻〉云：

東城寂寞動經年，忽漫勞君枉贈篇，與發湖山爭突兀，愁深江海阻沿緣。
倦游且作躬耕計，飽食猶思博奕賢，料理叢殘身後集，閉門何暇更憂天。

又〈石遺見示寄蘇堪詩再次韻〉云：

屈宋風流盡，閩江得二賢疇有陳鄭之稱，嶽淵互渟峙，圭璧各方圓。

白髮何須諱，青編已足傳，更尋耦耕約，東海有桑田二君皆有買田通州之議。

余原韻云：

與君此地過三年，一字曾無贈答篇，嵇阮形骸殊可略，靜名言說漸無緣。

移文豈到周居士，好客長吟沈下賢，尚有田園春興在，上洄下諆事由天。

第六句謂子培贈君詩，余最喜誦之。

五十三、周星譽、冒廣生

地短星出林龍鄒淵——周星譽（字畇叔，一字叔雲，河南祥符人，道光庚戌進士，官至廣東鹽運使，有《漚堂賸稿》）。

地角星獨角龍鄒閏——冒廣生（字鶴亭，江蘇如皋人，光緒甲午舉人，官淮安關監督，有《小三吾亭詩》）。註：「冒鶴亭為周畇叔甥，詩境春容大雅，情韻並茂，所謂何無忌酷似其舅也。周有《漚堂賸稿》，冒有《小三吾亭集》，鶴亭近詩尤勝。」

《石遺室詩話》：

漚堂以長短句名家，能為秦七、柳七、黃九之言，有《東鷗草堂詞》二卷，詩所賸不多，自多麗句，至長篇亦不盡然，對句可摘者，如〈元日〉云：「押券舊逋多酒債，到門賀柬半詩人。」、〈曉發紫荊關〉云：「雁群低砦黑，馬色接天青。」、〈送徐子遠〉云：「十載罷趨南省月，一官肯換北窗風。」

周星譽弟星詒，字季貺，亦工詩，有窳櫎詩質。陳石遺云：

季貺外孫冒鶴亭，早慧有聲，長而好名特甚，余見其所刊五周先生集後跋，及外家紀聞，文筆步趨古人。戊戌余寓都下蓮華寺，暾谷介紹來相識，癸卯始見君詩，佳句甚多，率筆者亦時有，如：「日色不到處，苔氣綠一尺，短橋臥流水，竟日無人迹。」、「梅邊笛瘦人雙玉，花影笙祇月一丸，請君試問頭上月，曾照清寒與攀摘。」皆才調叩彈集中人語。

全首如〈疊韻懷仲虎歸太倉〉云：

水紋衫薄晚涼生，憶爾孤蓬落日橫，行到玉峰回首望，斷霞紅處是天平。

閒殺長門賣賦才，中年傷樂復傷哀，黃金早識文章賤，悔不臨邛貰酒來。

〈疊韻寄義門〉云：

江嫐流落玉谿生，長念神州淚眼橫，一曲鈞天聞廣樂，始知夢裡有承平。

又「諸生可有封侯相，試問橋頭日者來。」

〈同敬夫夜話疊韻〉云：

吾曹都是不辰生，豺虎紛紛世路橫，只有罪言唐杜牧，更無奇策漢陳平。

〈自楊花橋夜歸口占示內子〉云：

踆踆車走傍江干，十里歸程近轉難，常恐林間明月墮，抵家不及兩人看。

〈重過葉蘭臺先生故居書贈道生裕甫〉云：

阿大中郎總不凡，故知回首我何堪，青蛙閣閣池塘路，淒絕當時秋夢盦。

〈餞春詩兼懷肯堂〉云：

當前不醉更何待，後日相思亦惘然，曾笑仙人太無賴，要留老眼看桑田。

酒酣拍遍闌干說，今夜星無座客稠，忽憶論心范无錯，落花如雪過揚州。

〈送潘蘭史歸廣州〉云：

燕臺三月雨冥冥，門外驪歌那忍聽，春水方生君便去，今宵何處酒能醒。……

〈因循〉云：

拋殘金彈知何惜，夢遍銀牀總未春，東澤偶然留綺語，北方從古有佳人，

暫來小閣同延佇，閒話中年各苦辛，裘馬五陵空嚄唶，珍珠十斛已因循。

都可與仲則、船山得意之作，相挹袖矣。君喜填詞，詩中多詞家語，今宵句、者

鄉語也，梅邊句、曾照句、白石之語也，「花影」句、「從杏花疎影裡，雙髻坐笙」諸句來也，然自是詩句、非詞句；「青蛙」句、又從汪鈍翁「乳燕飛飛蛙閣閣，楚萍謝絮滿池塘」來矣。酒酣二句，又從仲則忽憶酒闌人散後，共搴珠箱數春星來矣。

《石遺室詩話》又云：

鶴亭詩，如：「舊人漸少黃幡綽，新句平添白練裙。」、「雜花三月暮，孤艇大江潯。」，皆佳句也。

五十四、李葆恂、林紓

地捷星花項虎龔旺——李葆恂（字文石，號猛菴，奉天義州人，官候補道）。地速星中箭虎丁得孫——林紓（原名群玉，字琴南，號畏廬，福建閩縣人，光緒壬午舉人，官教諭）。註：「文石畏廬藝術文章，別有可傳處，詩其餘事也。文石見解極高，所作亦時親古豔。畏廬壬子以前為詩極少，有作則近梅村，壬子以後，漸近蒼秀，惟結體鬆緩，殊欠精嚴，陳石遺所以有排比舖張之論也。」

李葆恂雅好文史，詩不多作，然自能古豔。《石遺室詩話》云：

李葆恂字文石，號猛菴，義州子和督部鶴年少子，幼隨宦入閩，問字於故人陳芸敏給事之門。家富收藏，金石書畫，所見既廣，鑑別至精審，與宜都楊惺吾守敬，屹為海內南北兩大家，端陶齋有所得，非請二人鑑定，不自信也。惺吾精輿地學，著書滿家，矻矻窮年，惟恐壽之不足，嘗乞余以子平法算之，余謂可至耄期，則大喜。隨黎蘊齋使者庶昌至日本，值維新伊始，其國人唾棄舊學書，蘊齋、惺吾以至賤價得之，滿載連艫而歸，後日人始悟，至今以為恨事，前數年島田彥楨以十萬餅金，購歸安陸氏皕宋樓價值數十萬金之書，作〈皕宋樓藏書源流考〉，猶述惺吾、蘊齋事，以為此役聊足報復。……文石詩不多見，而偶作必工，常言作詩若禁用虛字，則吾閣筆矣。有〈贈伯嚴吏部〉云：

相見遽言別，思君廿載勞，冥心更世變，埋照益名高。
句健規雙井，杯深藐二豪，無言看鬢髮，江海日滔滔。

又〈和伯嚴韻贈石遺〉云：

經學群推馬鄭行，禮堂傳寫好儲藏，及身盛業千秋定，知汝高名廿載強。
思入風雲詩律壯，客游江漢鬢毛蒼，儵然自遠無人識，脫穎何須喻處囊。（君新辭商業學堂監督。）

又〈輓木菴先生呈石遺〉云：

伯也交余折輩行，道山歸臥壑舟藏。

術推三統具懸解，（同治末，葆恂年未冠，侍芸敏師謁先生於道山，聽講律曆之學）
智效一官猶挽強。（晚為博野縣令，謝病歸，昔人謂仕宦如寸寸挽強弓。）
老去酒懷常浩浩，別時詩鬢已蒼蒼。
聯珠集好應編定，分付諸郎護錦囊。（先生子敬孝廉能讀父書。）
支對押韻，皆不苟且。伯嚴有〈酬李文石〉云：
啖餅夷門兩少年，搖搖日月見霜顛，江流照影知吾在，寰宇尋碑覺汝賢。
隨筆欲妨孫退谷，折枝旁寫惲南田，銷沉心事聽秋雨，吹夢橫吟到酒邊。

陳石遺談林畏廬云：「吾鄉同輩之為詩者，又有沈愛蒼撫部瑜慶，林琴南孝廉紓，皆不專心致志於此事，然時有可觀者。」又云：「琴南號畏廬，多才藝，能畫、能詩、能駢體文，能長短句，能譯外國小說百十種。自謂古文辭為最，沈酣於班孟堅、韓退之者三十年，所作兼有柏梘伴湖之長，而世人第以小說家目之，且有深詆之者。余常為辯護，謂曾滌生所分陽剛陰柔之美，雖不過言其大概，未必真劃鴻溝，然畏廬於陰柔一道，下過苦功。少時詩亦多作，近體為吳梅邨，古體為張船山、張亨甫，識蘇戡後悉棄去，除題畫外，不問津此道者凡二十餘年，庚戌辛亥同人有詩社之集，乃復稍稍徵之，雅步媚行，力戒甚囂塵上矣。」

《石遺室詩話》卷五又云：

前歲畏廬避地天津，忽發憤大作詩，自命杜陵詩史，寫十數首寄示余，工者二三，未工者七八，不及都門遊集諸作多可存也。寓書勸其淘汰，並奉懷絕句云：

畏廬畏亂復畏貧，稚子旁妻寄析津，瓢泊干戈曹霸筆，鋪張排比杜陵人。

聞畏廬頗不樂，夫鋪張排比，元微之以讚美少陵，元裕之則云：「少陵自有連城壁，爭奈微之識碔砆（是鋪張者少陵之碔砆）。」余以為鋪張排比，亦談何容易，今錄其沈摰而不鋪張者於後：

〈得石遺書寄懷〉云：

累聚境易忽，暫離味彌長，石遺去秀野，桃李荒深堂。
柴車三過門，伏軾思吟觴，此聞生壙成，屏衛多松篁。
清江面千帆，明滅如瀟湘，作達已非易，知止何不臧。
華士昧勇退，臨老望深藏，吾子矢狷介，豈惟能文章。

即不搆喪亂，歸耕亦有鄉，庭梅方盛開，幽香滿琴床。
萬綠閟紫荊，款關惟何郎，勝侶日夕合，搖搖燈燭光。
酒半忽念我，風前書數行，迹睽意則親，耿耿遙相望。

去歲五月余至都，與畏廬同寓醫隱處，六月南歸，君送以長句云：

明知行促故牽裾，門外新泥已濺車，名輩漸稀君愈貴，清貧能耐計非疏。
灰心肯掛滄桑眼，索畫仍描水竹居，病起定饒相見地，風前不盼雁來書。

時有大學校講席之約，期余復來也，次聯極見用意。

又卷二十一曰：

畏廬近游江南回，囊中出新詩數首，曲折取勢中，意極貫注。

卷二十六曰：

畏廬近來詩境大進，在自然不假做作，自都門寄余福州詩三首，承接轉捩處，殊見手腕，是以文家畫家法作詩者。君尚有詠史五古十餘首，寓意時事，極為工切，自謂仿余法，余實不如其隸事之淵博也。

……又於《近代詩鈔》中言：

述庵少與林畏廬紓及林某（按為林思進字山腴）在里中有三狂之目，所為詩皆祈嚮吳梅村黃仲則諸家，畏廬老而棄其少作。

又曰：

畏廬自謙其詩，謂少作已盡棄斥，近年始專學東坡、簡齋二家七言律，余謂題畫諸絕句，有突過大癡雲林者，未可盡棄也。

畏廬憂閔世道，感發於聲音，民國十一年，自裒其壬戌以前辛亥以後所為古近體詩三百餘首，為《畏廬詩存》上下兩卷。自序謂「余之悲涼激楚，乃甚於三十之時，然幸無希寵宰相責難傖父之作。」又謂：

余自遂己志，自為己詩，不存必傳之心，不求助傳之序，至於分唐界宋，必謂余發源於何家，瓣香於某氏，均一笑置之，此集畏廬之詩也，愛者聽其留，惡者任其毀，必如康乾之間，寄託漁洋、歸愚二先生門下，助其聲光，余不屑也。

五十五、朱銘盤

地惡星沒面目焦挺——朱銘盤（字曼君，江蘇泰興人，光緒壬午舉人，有《桂之華軒詩集》）。註：「曼君詩，澤古甚深，不苟作，不矜才，自是學人之詩，有《桂之華軒詩文集》。」

朱曼君工駢體文，沈博絕麗，詩天骨開張，風格雋上，與周彥昇張季直諸人，從軍朝鮮，其朝鮮雜詩，與彥昇朝鮮樂府，異曲同工。其《桂之華軒集》，時多名句，如五言〈寄婦〉云：

少婦持家拙，念之愁遠人，秋深憐我瘦，書到諱言貧。

客路多衰草，歸心滿白蘋，何為怨離別，屢命在風塵。

又七言絕句：

西風舟在白蘋邊，我與蘋花瘦可憐，欲遣江波遙寄汝，可知流不到門前。

〈憶家園花樹〉：

先人手種碧桃樹，落盡桃花樹亦枯，剩有窗前木犀在，秋來能放幾花無。

〈中宵〉云：

高閣中宵起看天，城頭擊柝響空煙，浮雲東出星芒大，缺月西當島際懸。
久客如忘千里遠，新涼正得幾人眠，田橫一去精靈沒，快意高歌寶劍篇。

〈蓬萊閣題壁〉：

漢武秦皇骨作灰，仙人無分入樓台，何年此閣堂堂出，快意吾曹日日來。
翠嶺百重天破碎，素波萬里月徘徊，誰令海表泱泱地，微管翻深孔氏哀。

〈三月〉一首：

醉倚高樓聽暮茄，朝看旌旆動龍蛇，一秋海氣常連霧，三月春風不見花。見雁北來知代客，問人南事抵還家，為君詠得江南好，細雨輕寒燕子斜。

五十六、劉光第

地醜星石將軍石勇——劉光第（字裴村，四川富順人，光緒癸未進士，官刑部主事，戊戌維新，加四品卿銜，參與新政，有《介白堂集》）。註：「裴村比部，詩多奇氣，鎚幽鑿險，開境獨行，五古意境尤高，戊戌六君子中，《晚翠軒》外，當以此部詩為最工，讀《介白堂集》，恍若遊名山大川矣。」

裴村博學能詩文，善書法，尤重氣節，戊戌以陳寶箴之薦，加四品卿銜參與新政，八月政變卒與禍會，士林至今嘆悼。學術淹雅，粹然儒者，詩筆健舉，迥不猶人，思深力厚之作，不後閩贛派諸家，但奇情壯采，微近定菴，斯其略異耳。

《石遺室詩話》：

裴村筆力雅健，思路迴不猶人，讀雜詩中〈文鳳見季世〉一首，不啻自道，龍麟脯醢，真有詩讖矣。然被禍視杜伯堅尤慘也。

錄其〈白蓮〉一首：

野風香遠忽吹回，一片明湖淨少苔，殘月自和煙際墮，此花方稱水中開。

碧波瑟瑟情無限，玉佩珊珊望不來，姑射神人藐天末，乾坤可愛是清才。

五十七、梁鴻志

守護中軍馬軍驍將二員：地佐星小溫侯呂方——梁鴻志（字仲毅，號眾異，福建長樂人，光緒癸卯舉人）。註：「眾異詩，植骨杜韓，取徑臨川，頗得介甫深婉不迫之趣。入關以後，詩華健舉，風骨益高，使在黃門，當在陳洪之列，小溫侯追隨宋公明，自是一員大將也。」

《石遺室詩話》：

眾異少孤貧，肄業大學，與朱芷青至相得，為詩喜荊公後山，工於嗟歎，有作必請益於余。出關客瀋陽，詩境益進，入官後遂不多作，大有身後名不如「杯酒之想」。

又云：

余嘗言仲毅自出關客瀋陽經年，詩益婉摯，嘗寫十首寄余：

〈瀋陽小河源野步〉云：

興來舉足城東隅，美此一水千踟躕，路人矜誇指衣帶，云是渾河之所瀦。
水邊茶肆足歌舞，亦有游女褰裳襦，酒船傭保勸我沽，故知石魚非此湖。
惟餘此水能緣淨，照此七尺清且癯，東流何暇更汝惜，自愧未老顏非朱。
三年京國役魂夢，記上江亭愁日晡，天遊隨地可貧賤，胡為墮落居穹廬。
此邦冰雪有代謝，腥臊埃壒無時無，水聲嗚咽如有訴，直似空谷傾城姝。
詩人畸士兼腐儒，百不一可應時需，平生懷抱豈殊眾，漫謂丘壑供野娛。
墜歡散失無覓處，何況清景難追摹，歸來合眼夢煙水，涴筆欲作江南圖。

悽戾激揚，極似蘇堪答子培湖舍見訪不遇之作（餘不錄）。

五十八、黃濬

地佑星賽仁貴郭盛——黃濬（字哲維，號秋岳，原籍臺灣，甲午後隨家移福州，遂占籍侯官，曾官財政部參事）。註：「秋岳詩工甚深，天才學力，皆能相輔而出，有杜韓之骨幹，兼蘇黃之詼詭，其沈著穩秀之作，一時名輩無以易之，近服膺散原，氣體益蒼秀矣。」

石遺云：

秋岳年幼劬學，為駢體文，出語驚其長老，從余治《說文》，時有心得。世亂家貧，舍去治官文書，與同學梁眾異、朱芷青最稱莫逆，相率為五七言詩，遍與一時名下唱和，惜久居都門，不能多得江山助也。

又《石遺室詩話》：

〈秋岳有病中寄余絕句〉云：

䲟䲟一代陳夫子，書局隨身亦自閒，叢竹小池饒管嶺，更携笠屐賞湖山。

病客秋城有所思，思陪杖履共談詩，近來瘦到心頭血，欲乞囊方試一醫。

第一首第二句亦自閒，須改不自閒，余總通志局事極忙，如列傳查檢出處，《藝文志》加提要，添纂金石志、方言志，編通紀，刪併封爵各門，皆自尋煩惱者。第二首第四句，句法與第二句複，擬改安得尋醫一療之，用詩尋醫意，則瘦到心頭血，亦就作詩言，不然余非曾飲上汪水者，安能洞見垣一方乎。

石遺室著籍弟子，以眾異秋岳為最有名，詎於對日抗戰之役，先後均遭戮辱，《近代詩鈔》中，梁黃之詩已刪棄，然就詩論詩，固是能手。

五十九、羅惇曧、羅惇㬊

守護中軍步軍驍將二員：地猖星毛頭星孔明——羅惇曧（字掞東，號癭公，廣東順德人，優貢生，官郵傳部郎中，有集）。地狂星獨火星孔亮——羅惇㬊（字敷菴，癭公弟，官司法部）。註：「二羅皆一時健者，癭公蒼秀，敷庵精嚴，癭公氣體駿快，得東坡之具體，敷庵意境老澹，有後山之遺響，迹其成就，其在散原，猶蘇門之有晁張也。」

《石遺室詩話》：

學問之道，惟虛受益。又曰，有若無，實若虛，余測交海內數十年，能虛其心者，林暾谷、趙堯生、羅掞東、梁任公數人而已。

又云：

詩有更易一二字，刪節一二句，而全體頓覺一振者，掞東與堯生及余，為文字骨肉，肆力為詩未久，佳章傑構，已足裒然成集，乃既使堯生持脩月之斧，又使余煉補天之石，余不敢辭，授余一冊，計二百三十餘首，痛為刪去九十餘首，其存者十之九皆一字不易，有待推敲者十之一耳。有一首，題係〈邱畬庵屬題所藏黃葉邨山人獲石圖〉，山人甃地作池，得一石案有斑篆七字，留贈山人黃葉村，圖而記之，亦淮上一故實也，詩云：

山人獲石碧池裡，石上留題黃葉字，黃葉本屬山人村，自寫石交傳石史，
淮上當年此異聞，嘉道風流久更新，邱生忽與山人遇，黃葉為村畫中住，
昨日攜圖向我來，畫固堪傳事更佳，前生君豈江南客，一櫂秋江臥小齋，
竭來世風賤騷雅，笑君此卷胡為者，美人誰報青玉案，老衲宜親白蓮社，
小篆斑紋破紙看，黃葉山人意態閒，人間畫石誰能癖，侘傺風塵一冷官。

此詩妙處在邱生忽與山人遇二句，山人已久作古人，邱生何從與遇，即於此圖中遇之，則此圖之畫山人，為邱生所得不待言矣，此兩句所以剪斷許多支節也。原詩嘉道風流句下，有自從圖入邱生手寫四句，則此二句不見其好，故為刪去前四句，徑以

邱生忽與山人遇，接嘉道風流句下，而篇末黃葉山人意態閒句，更見點睛欲活矣，此等結構，放翁遺山道園一時有之。

〈掞東又有自邢臺至鄴道中書所見〉云：

千樹萬樹梨花雲，十里五里黃茚村，榆錢柳絮不知數，一路野花紅向人。
望中平蕪極天碧，紫燕黃蜂逐南陌，婦子嬉嬉急早耕，太行已換青葱色。
如此春光客未歸，懷古中原歎何益。

寫出中州一帶方春時草木暢茂，雜花盛開，數百里上下一碧，間以紅白。……此詩平蕪本作蘼蕪，前四句已說各種花草景色，此句又說一香草，於律似未細，易作平蕪，則與前四句有近景遠景之不同，與太行句接成一片，而以如此春光總束之，詩格甚新，而無可疵議矣。

石遺論敷庵詩，有云：

友入詩句可誦者，如羅敷庵〈惇曼逢黃晦聞京師有贈〉云：「深念獨居千慮迸，眼高四海一身閒。」〈鄭子梅仙惠茶索書〉云：「來日大難脣舌乾，相呴江湖賴吾子。」

雅切而筆意健舉。

又云：

近來致力為詩者，梓方師曾敷庵，大半瓣香黃陳，而出入於宛陵荊公，月率有新作數篇，遠來請商酌，敷庵尤苦吟，如〈呈伯嚴丈〉云：

散原品節匡山峻，老主詩盟一世雄，天宇冥鴻避矰繳，蘧廬萬象入牢籠，欲同無己尊雙井，每過斜川問長公，曾酌西江微辨味，伐毛從與乞玄功。

此首可謂雅切精微。〈同內子遊崇效寺看牡丹〉云：

趨人巧勝住長安，佳日攜持得小歡，著語花間忘漸老，追春蘭若故相干。當門未滅芳菲意，坐對真同耆舊看，閒裡不妨歸轡緩，騁懷猶蹋六街寬。

著語坐對二語有意味。〈乙卯上巳集十剎海，分韻得服字〉云：

性癖躭散誕，起倒不供俗，勝日偏著忙，疲腳為游目。不愁春路泥，去覓河橋曲，得水如得寶，渺然在濠濮。矧茲水可師，自潔而納濁，相攜就風漪，寧用兼竹肉。

隔年煩穢迹，祓除苦不速，一嬉捐百憂，臨流岸巾幅。驗候鳴禽變，視景隙駒促，日昏可微寒，及此未春服。

此詩佳處有數，自癸丑上巳任公集都下數十人，修禊於萬生園，於是歲有是舉，師曾以為循例之集，難得好詩者也，今如隔年云云，則一年一修禊，真嫌少不嫌多矣。十刹海水本不深，今年尤濁，今云得水如得寶，又云自潔而納濁，為水占身分，即為己解嘲，至路遠人多酬酢繁，勝日偏著忙一韻盡之矣。……

詩話卷二十七又云：

敷庵近將其年來所作，寄正於伯嚴，伯嚴評點還之，復以示余，使重加評語。敷庵專學後山、山谷，余於其詩，屢有評騭矣，此卷伯嚴少密圈而多密點，余意欲改密點者皆為密圈，如〈會祭陳後山集法源寺〉云：

心香一瓣屬彭城，行集朝朝徹案橫，每惜盡情寒到暝，祗因懷往事如生。人窮未必詩能累，官小何因晚始成，尚有餓夫謝文節，隔鄰吾欲薦蔬羹。

二聯四聯皆可密圈，能累欲易作為累，何因欲易作還教。〈丙辰三月三日壩河修禊賦呈弢老並同遊諸子〉云：

清明上巳併茲辰，百歲能經見幾春，近郭祗應桃李笑，勝遊寧必管絃陳。棲枝燕忘危巢覆，戀水梟依野艇馴，暫把一尊收節物，莫嘲吾輩強吟呻。

此遊余不與，適以此日挈眷南下也，聞同遊者皆有詩，而惟見此一首，故亟錄之，諸同遊中，掞東最喜觀劇，敷庵絕無此嗜好，故第四句的是敷庵之言，非泛用蘭亭序意也。

六十、朱祖謀

四寨水軍頭領八員。註：「四寨水軍頭領皆中堅人物，今以光宣兩朝詞家屬之。」

天壽星混江龍李俊——朱祖謀（本名孝臧，字古微，號漚尹，又號彊邨，浙江歸安人，光緒癸未二甲一名進士，官至禮部侍郎）。註：「古微襟期沖澹，尤工倚聲，所刊彊邨詞，半塘老人謂為六百年來真得夢窗神髓者也。晚際艱屯，憂時念亂，一託於詞，實能兼二窗碧山白石諸家之勝，非一家可限矣。所刊兩宋詞集，多人間未見之本。」

古微始以能詩名，迨官都門，獲交王鵬運，始專為詞，勤探孤造，抗古邁絕，海內歸匠宗焉。晚年窮居海濱，身世所遭，與屈子澤畔行吟為類，故所作幽憂怨悱，沈抑綿邈，莫可端倪。詩亦幽奧清蒼，則又承同光風尚與閩贛派沆瀣一氣。

《石遺室詩話》云：

向只知朱古微工詞，直逼夢窗，近乃知其工詩，有〈和遠根乞米曲〉云：

宣州詩翁恒苦飢，索米夢持篆稟歸，舉家噉粥癯不肥，平原筆力弩釋機，
先生研田十年饑，溉墨一斗鍵其扉，臨川三昧熒熒暉，濃鋒蹶豈諸城痱，
赫蹄紙百不供揮，璽書增俸疇敢睎，月料半流埒茹薇，焉能休糧脫塵鞿，
道山延閣接太微，胡不陳書紫宸闈，胡不曼胡短後衣，捷畫夜草旄頭飛，
何為顣頷幽篁圍，乾愁漫誕不磯可，諸公逞辨妃與豨，一邱之貉蒙庶幾，
菜傭求益來已稀，牛鐸黃鐘荒是非，枵然者腹負大誹，安用陶胡奴纍欷，
逝將著鞭駗子騑，安吳筆訣絕幾韋，他年奇字森煙霏。

遠追春梅、子尹，近友伯嚴、右衡，又詩中之夢窗也，可以藥近日之枵然其腹者矣。

陳散原云：

古微始以能詩名，蹊徑蹈涪翁，顧自詭非所近，及交王半塘棄而專為詞，其詞獨幽憂怨悱，沈抑綿邈，太史遷之釋離騷，明之稱文小而指極大，舉類邇而見義遠，其志潔故稱物芳，固有曠百世與其冥合者，非可偽為也。

晚年詩尤少作，錄其〈題胡愔仲金光明勝經卷子用若海韻〉：

妙伽佗諦絕傳衣，花雨香中舊揵扉，一逝翩如黃鵠子，刺天海水又群飛。
江左一流今日盡，詩篇連卷共誰論，不如自撥鑪煙坐，饒舌豐干已不言。

〈晚登江亭〉云：

薜苔亦隨人作計，暫逃初地酒塵纓，嬌春羅綺不掛眼，綺閣鶯花空復情。
殘客未宜苛畔岸，清尊政要與將迎，悵然欲別無他去，醉及街西缺月明。

六十一、王鵬運

天平星船火兒張橫——王鵬運（字幼遐，亦作幼霞，自號半塘老人，晚號鶩翁。廣西臨桂人，原籍浙江山陰，同治庚午舉人，由內閣侍讀，官至監察御史，禮科給事中）。註：「半塘父子，俱工倚聲，半塘尤精音律，與古微唱和最多，精誼之作，不減彊邨。」

半塘內性淳篤，接物和易，能為晉人清談，東方滑稽，往往一言雋永，令人三日思不能置。其詞學獨採本原，兼窮蘊奧，轉移風會，領袖時流，朱彊邨學詞，實受其引導，文道希受其攻錯處尤多，清季能為東坡片玉碧山之詞者，半塘而已。自刻所作詞曰《袖墨》、《蟲秋》、《味梨》、《蜩知》等集，乙、丙、丁、戊題稿，缺甲稿，以生平未登甲科為憾也，其後刪訂為《半塘定稿》，附《賸稿》，彊邨為刻於廣州。

徐仲可云：

古微少隨宦汴梁，幼霞以省其兄之為河南糧道者至，遂相遇，古微納交幼霞，相得也。已而從幼霞學詞，愈益親。光緒庚子之變，八國聯軍入京城，居人或驚散，古微與劉伯崇（福姚）就幼霞以居。三人者痛世運之陵夷，則發憤呼叫，相對太息，既不得他往，乃約為詞課，拈題刻燭，于喁唱酬，賞奇攻瑕，不隱不阿，談諧間作，心神灑然，若忘其在顛沛兀詭中，而自以為友朋文字之至樂也。幼霞天性和易而多憂戚，若別有不堪者，既任京秩久而入諫垣，抗疏言事，直聲震內外，然卒以不得志去位，光緒甲辰客死蘇州，其遇厄窮，其才未竟厥施，故鬱伊無聊之概，一於詞陶寫之。其詞導源碧山，復歷稼軒、夢窗，以還清真之渾化，與周濟之說固契若鍼芥也。

詩少見，不錄。

六十二、鄭文焯

天損星浪裡白條張順——鄭文焯（字俊臣，號小坡，一字叔問，號大鶴山人，又號冷紅詞客，奉天鐵嶺人，隸漢軍旗，其自稱寫密鄭氏者，自託於康成之後也，光緒乙亥舉人，官內閣中書）。註：「叔問雅善倚聲，知名當世，有《比竹餘音詞集》，彌近清真、白石，詩亦神韻邈綿，張祜之遺也。」

大鶴山人博文學，妙才章，為諸侯賓客者四十年，辛亥後，愴懷身世，自比淵明，孤憤瀠腔，悉於詞發之，朱彊邨序其《苕雅餘集》云：

君以獨行之志，胥疏江湖，固墨墨以詞自晦者，至是而僅僅以詞顯歟？惟其名益高，其志益苦，其詣益進，而其遇益窮，……夫士生晚近負閎識絕學，久孤於世，無所放其意，則託諸微言，懼然事物之所感觸，於是繾綣惻怛以喻其致，幽噎淒戾以形於聲，橫歌哭而變風謠，作者誠不自知其何心，至乃天宇崩析，彝教淪胥，竄竄行之軀，被佯狂之髮，茫茫慘黷，哀斷無生，向所為長言嗟嘆之不足者，曾不得一詠謠焉，然則斯文之將墜於天，其以詞為人籟而天者動之於幾之先歟！

六十三、馮煦

天劍星立地太歲阮小二——馮煦（字夢華，號蒿庵，江蘇金壇人，光緒丙戌進士，官至安徽巡撫）。註：「夢華中丞，詞極清麗，詩亦淵永可味，嘗見其手書七言絕句，風神秀逸，絕類新城。」

蒿庵出全椒薛慰農（時雨）門下，與上元顧雲齊名。夙以詞名，而詩歌亦清麗綿遠，頗近新城，時或運詞入詩，悽惋之音，讀之有悵惘不甘者，蓋與大鶴詞人同其旨趣也。初守鳳陽時，閩詩人陳書，嘗過其郡齋，譚藝甚洽。陳氏詩學誠齋，清新雅健，故與蒿庵沆瀣相得。晚年專事倚聲，詩不多作，但時與沈子培、沈濤園酬答；二沈為同光派詩家，蒿庵雖與詩筒往來，仍不失其江左派面目也。

蒿庵有《類稿》之輯，陳三立為之序云：

> 蒿庵先生官安徽巡撫引歸之越二年，武昌難作，率土騷然，尋改國步，於是先生避居

滬瀆，僦椽棲息，髯鬢皓然，跼天蹐地之孤抱，無可與語，輙閒託詩歌，以抒其伊鬱煩毒無聊之思，宛然屈子澤畔，生遼東之比也。先是先生未通籍，已以老師宿儒高文雅詠，炳於南紀，既掇巍科，敭歷中外，稍獲殫心力及於民物者，訏畫大計延天命定民志之所在，類噤不得施用，其後群盲狂逞，益坐視顛倒敗壞莫之挽救，以是先幾勇退，孤明儒術，誠不忍違衷隨和，以一身浮沉而階之厲。未久，果躬遘崩坼，懸喘海裔，往事陳迹，關於國故，逐於人事，見諸先生生平所撰者，雖片楮單詞，皆足以紹先正詔來者，由今日視之，亦適成為叢憂積痛之具而已。先生重違黨徒之請，遂輯前此未散佚者，次為《蒿庵類稿》，凡三十有二卷，授刊竟，以余為齊年舊侶，俾發其意，綴一言。竊維天地萬物之精英，形諸文字，各從其類不可掩焉。有能者出，因而存之，曲肖而達之，而其真乃永於人心，相續而不敝，學者不察，或溢於奇衺浮剽，苟以為名，皆汩其真而速其敝者也。先生是編，所得於天，與人淺深高下，自有論定之者，獨就所為文詩詞為余所及知推之，吐辭結體，一出於沖淑爾雅，盎然粲然。蓋導引自具之性情，以與古之能者相迎，討原究變，漑澤典籍，衷於物則不誣其志，庶幾尤為滔滔斯世所係之能者歟。堅苦樹立成一家之言，先生固所可自信，且信之於天下後世而無愧也。

後，遭時喪亂所作也。《蒿庵類稿》，雜文外，詞稿最多，風格在白石、玉田之間，詩多淒咽之音，蓋壯年以

《石遺室詩話》云：

余初識蘇堪時，蘇堪僑寓金陵，余詢江左詩人，答書云：「此間金壇馮煦，上元顧雲，皆治詩甚苦，二人者，時方肄業金陵鍾山、惜陰兩書院，為薛慰農時雨、林歐齋壽圖二先生高第。後余至江南識子朋，屢醉於所居薛廬，然未嘗與倡和，子朋復出遊四方，遂始終未見子朋一詩。馮夢華壬午同年，未與識面，惟從何研孫維棣處，得其詩稿一小冊，經喪亂後所作，多淒咽之音。其中副車，與木菴先兄同年，守鳳陽時，先兄客淮北，往來每止宿官齋，談藝甚洽，從先兄處讀其近作，似轉不及其舊作之真摯。舊作如〈次米忌日作〉：

君沒今二年，逍遙竟何之，陰雲黯虛堂，獨坐悽心脾。

側身望墟墓。宿草何離離，慨然思而母，孤寄涯南陲。

家貧不得養，忍痛與母辭，去年復北征，見母慘以悽。

歲暮多冰霜，一一仰母慈，不以我遠疏，愛之如平時。
呼我入君室，步步皆涕洟，圖書亂無次，尺寸埋塵埃。
不忍更檢點，念是君所披，強起承母歡，濁酒奉一卮。
憂來易為醉，惝怳君在帷，褰帷不見君，始覺中腸悲。
收子已九齡，不識書與詩，事我有如父，我乃棄如遺。
母也勤顧復，精神不知疲，渾噩亦天則，願君陰相師。
俯仰一無補，死友將何為，撫膺極愧憤，有淚不敢垂。

〈八月十六日病中寄兄妹〉云：

殘燈黯黯夜堂虛，回首南天一累欷，六月音書猶未達，半年眠食復何如。
空江積雨愁寒潦，薄病窮秋夢敝廬，兩地傷心苦迢遞，獨隨歸雁下荒墟。

〈將之建康與妹別並寄仲兄吳中〉云：

冷雨淒淒夜欲闌，荒雞破夢太無端，百年易盡何堪別，十日相逢竟未歡。
衰帽單車殘驛暗，孤篷短燭暮潮寒，只今兩地同羇旅，莫更歸雲獨自看。

〈句容晚望寄兄妹〉云：

陰陰灌木泣饑鴞，野燒孤青晚未消，三嶺東從句曲合，百流西向建康朝。

荒城斜日寒將暝，壞屋嚴風勁欲搖，為語故園莫相憶，疲驢破帽正瓢蕭。

〈除夕寄仲兄〉云：

陳迹依依似昔年，燈前俯仰重淒然，四方漂泊歸無地，百里艱艱怨各天。

故國書遲勞遠望，空齋酒盡得高眠，吳霜莫更催愁髩，一夕離心並可憐。

〈答研孫〉云：

相逢吾與子，風雨黯虛堂，意氣摧愁病，詩歌接混茫。

讀書憂太苦，入世忌能狂，千里沅湘路，燈前說故鄉。

〈送研孫歸湘中〉云：

陰陰霽色赴遙嵐，携手荒城思不堪，為語離人莫迴首，亂鴉殘照是江南。

橫笛吹寒斷雁秋，舊時雲物此淹留，黃陵暮雨孤城遠，楚竹湘煙一望愁。

……數詩於骨肉交朋之間，纏綿悽惻，殆欲駸駸追步杜陵者。

六十四、文廷式

天罪星短命二郎阮小五——文廷式（字道希，號芸閣，江西萍鄉人，光緒庚寅進士，官至翰林院侍讀學士，有《雲起軒集》）。註：「道希《雲起軒詞》，橫厲盤鬱，蘇辛之遺，詩亦風骨遒上，音節抗墜，所謂變徵之音也。」

文芸閣博學強識，慷慨有大志，尤長史部，著有《純常子枝語》，積稿數十冊，汪氏雙照樓曾為雕版行世，其門人徐乃昌刻其《雲起軒詞鈔》一卷於《懷豳雜俎》中，與後來江寧王氏影印手稿本，互有出入，其後番禺葉譽虎復搜刻其遺詩若干卷，陳散原有〈文學士遺詩序〉云：

吾友萍鄉文道希學士既歿，門下士徐君積餘，為刊雲起軒詞若干卷，盛傳海內矣。今歲葉君玉甫復搜君遺詩若干卷，以君朋輩故舊僅存者莫余若，屬序其端。君天秉卓犖，博聞強記，才氣不可一世，余始逐試南昌，得交君，俱少年耳。越三歲，聞鄉舉，同計偕居京師，君不第，已名動公卿間。尋擢巍科，超遷講幄侍從，聲光赫然傾天下。當是時國軍新挫於島鄰，輸款割地幾不國，君激世變，益究中外之務，凡時政得失，列位賢不肖，慷慨陳論，指斥權貴人尤力，為所側目久矣。及肇宮闈之隙，狃新舊之爭，務歸罪於君，媒孽搆陷，屢欲擠之死地，脫身走日本乃免。夫薰以香自燒，膏以明自銷，自古賢人才士，懷負奇偉，動與禍會，遭戮辱屏棄摧落者不可勝數，況厄於一時，愈伸於百世，是豈足道哉？久之，君返自東瀛，復時與君遊聚，過金陵，必主余家。留連嘯咏，意氣不衰，最後飲秦淮別去，遂永訣。君撰著宏富，詩詞特鱗爪耳，然君博極群書，詩乃清空華妙，不撏撦故實自曝，嘗推為獨追杜司勳波瀾莫二，即身世飄泊，亦頗肖似之，此可懸諸天壤俟論定者也。獨是君歿未十歲，國步驟改，九宇沸擾，余屢轉徙窮海，老病復迫之，殘夜孤呻中，追憶君箕踞揮麈高睨大談，往往揣君聲音笑貌，濃眉皤腹，辟易千人之概以自壯，無如斯人不復復得，景光之不可把翫，讀君詩益纏興亡離合死生，博一瞬之感也……。

錄其〈庚子七月至十月感作〉四首之二：

誰言國弱更佳兵，其奈狂王憤已盈，鐵騎晨衝丹鳳闕，金輿宵狩白羊城。
何人能屈橫流溢，今日真憐大廈傾，無分麻　迎道左，收京猶望李西平。
崤潼形勢本天然，王氣銷沉九百年，但使東南漕砥柱，漫愁烽火徹甘泉。
羽觴露浥瑤池讌，仙掌晴開玉井蓮，回首烏龍江上月，秋風清淚泣銅仙。

六十五、況周儀

天敗星活閻羅阮小七——況周儀（字虁笙，後改名周頤，號蕙風，廣西臨桂人，原籍湖南寶慶，光緒己卯舉人，官內閣中書）。註：「蕙風記醜學博，尤精倚聲，流布詞集筆記，傳誦一時，可謂拼命著書者矣。」

炪虁笙為倚聲大家，著有《第一生修梅華館詞》，與王幼霞、朱古微相友善，其官秩亞於幼霞、古微，而聲望實與相埒，嘗自述其填詞之所歷曰：

余自同治壬申癸酉間，即學填詞，所作多性靈語，有今日萬不能道者，而尖豔之譏，在所不免。光緒己丑，薄遊京師，與半塘共晨夕，半塘詞風尚體格，於余詞多所規誡，又以所刻宋元人詞，屬為斠讎，余自是得閱詞學門徑，所謂重、拙、大，所謂自然從追琢中出，積心領神會之，而體格為之一變，半塘亟獎藉之，而其它無責焉。夫聲律與體格並重也，余詞僅能平側無誤，或某調某句有一定之四聲，昔人名作皆然，則亦謹守勿失而已，未能一聲一字，剖析無遺，如方千里之和清真也，如是者二十餘年。繼與漚尹以詞相切劘，漚尹守律綦嚴，余亦恍然嚮者之失，斷斷不敢自放，乃悉根據宋元舊譜，四聲相依，一字不易，其得力於漚尹，與得力半塘同，人不可無良師友，不信然歟？大雅不作，同調甚稀，如吾半塘，如我漚尹，寧可多得！半塘長已矣，於吾漚尹，雖小別亦依黯，吾漚尹有同情焉，豈過情哉，豈過情哉！

六十六、王允晳、潘博

地進星出洞蛟童威——王允晳（字又點，號碧棲，福建長樂人，光緒乙酉舉人，官安徽婺源知縣）。

地退星翻江蜃童猛——潘博（字弱海，廣東南海人）。註：「碧棲詩詞皆清麗秀逸，風致娟然；弱海襟期散朗，詩味並勝，詩稱其詞。」

《石遺室詩話》：

又點夙工長短句，能為碧山、玉田語，晚刻意為詩，善於審曲，面勢筆力，力戒凡近，惟苦吟鍛鍊，或旬月而始脫稿，故傳作不多。錄其詩如次：

〈南後街燈市〉云：

幛紗糊紙翦玻璃，春到鄉山例一嬉，借地繁華能幾日，隨人指點且游移。

酒罏隔巷懷良慰，書肆連牆甜更宜，一事未輸姜右帚，乘肩小女晚相隨。

〈友人約看豹屏山紅葉〉：

月日閒行似有詩，沿村傍郭返遲遲，只愁歲晏無高意，不識山寒有別姿。眼淨未妨親晚絢，霜清更與永幽期，鄉園半畝闃人處，搖葉芙蓉正爾思。

《石遺室詩話》談潘弱海云：

南海潘弱海，喜填詞，專學夢窗，久與朱古微游，濡染然也。數以詩枉贈，有云：「西山漸換秋顏色，定有新詩與品題」，秀句可誦。君又有〈秋雨臥病見示〉句，云：「涼意三分妬薄羅，西山塵外蹙雙蛾，當軒亂眼皆黃葉，攲枕關心到敗荷。」兩詩皆不能忘情於西山者。

又云：

向見弱海詩，頗覺其多填詞家言，掞東因特出數首見氐。〈題彊邨老人歸鶴圖〉云：

彊邨老人如老鶴，不向人間爭飲啄，九霄唳罷獨歸來，夢醒空山雪花落。
老人養鶴如養兒，俸薄不免時啼饑，胸中飽貯出塵想，不識貴人軒與墀。
傳聞此鶴人所贈，毛骨奇逸不凡近，亦如老人古心性，玉立塵埃冰雪淨。
老人當世稱詞仙，鶴亦起舞能應弦，荒庭僵石橫蒼煙，與鶴相對應忘年。
此鶴平生有故事，出處去就略可記，大鶴山人鶴阿師，為寫斯圖傳畫史。
鶴兮鶴兮得所歸，青田石老苔生衣，月明試向華表立，人世如今有是非。

〈贈伯嚴吏部〉云：

戎馬倉皇老此翁，天教身世杜陵同，廿年歌哭江湖上，八口流離道路中。
夢斷中興成白首，酒醒宙合戰群龍，夕陽冷照離離黍，掩淚題詩續變風。

皆極與青邱相近。

六十七、翁同龢

四店打聽聲息，邀接來賓頭領八員：

原按：四店頭領頗多汲引之勛，以言真實本領，固未易企及馬步諸將也。孫張杜李自是健者，餘子碌碌，吾無取焉。今以光宣兩朝歷掌文衡諸賢屬之。

地數星東山酒店小尉遲孫新——翁同龢（字叔平，號瓶廬，又號松禪，江蘇常熟人，咸豐丙辰狀元，官至戶部尚書協辦大學士，致仕，死謚文恭，有《瓶廬詩稿》八卷，《詩鈔》四卷）。註：「松禪藝事，別有可傳，門下多宿學能詩者，即其自作，亦雅飭可誦，愚嘗見其松常文獻畫像題詠，皆風骨遒上，餘事作詩人，非學裕識廣、辟易千人者，固未足語於此也。」

松禪師傅以一身關乎朝局，戊戌變政，受譴家居，《瓶廬》一集絕無怨懟。其〈題詠書畫及鄉賢圖像，每於小序中備存故實，徵文考獻，足資取材，則其尤雅者也。陳石遺稱其詩

「清雋無俗韻，獲譴歸里，閉門思過所作，不但怨而不怒，即怨亦希，惟其音自悲耳，絕筆一首，其明證也。集中〈題書畫碑帖之作，十居六七，往往有序及自註，考據精審，多存軼事，句如「醉裡索詩期火速，老來涉筆愧平鋪」、「綠章夜告緣何事，銀燭高燒為底忙」、「一官豈敵秀才好，萬事不如年少時」、「閒話老農皆執友，比鄰童稚即兒孫」、「厭看細字新聞報，怕作連篇和韻詩」，則又香山、誠齋之體矣。」

六十八、黃體芳

地陰星母大蟲顧大嫂——黃體芳（字漱蘭，浙江瑞安人，同治某年進士，官至兵部右侍郎。）註：「漱蘭先生，有燒車御史之風，節概炳然，晚主大梁書院，喜以詩歌自娛，風韻頗高，兼尚情韻，世間未知也。」

漱蘭峭剛正，為同光間京朝清流之魁，其詩風華典瞻，韻味遒遠，晚以經訓造士，詩亦少作，今不易見矣。

六十九、張之洞

地刑星西山酒店菜園子張青——張之洞（字孝達，號香濤，一號壺公，又稱廣雅，直隸南皮人，同治癸亥探花，官體仁閣大學士，軍機大臣，有《廣雅堂詩》）。註：「廣雅平日自譽其詩，以謂高出時賢，面貌學杜韓，比辭屬事，要歸雅切，尚不失為廟堂黼黻，春容大雅之音，其自負在是，其失亦在是也。」

陳石遺云：

廣雅相國生平文字，以奏議及古今體詩為第一，古體詩，才力雄富，今體詩，士馬精妍，以發揮其名論特識，在南北宋諸大老中，兼有安陽、廬陵、眉山、半山、簡齋、止齋、石湖之勝。古今詩家用事切當者，前推東坡，後有亭林；公詩〈為焦山觀寶竹坡侍郎留帶〉云：「我有傾河注海淚，頑山無語送寒流」，用放翁祭朱子文語。〈悲懷〉云：「霜筠雪竹鍾山老，灑涕空吟一日歸」，用荊公悼亡詩語。〈輓彭剛直公〉

云：「天降江神尊，氣吞海若倍」，用清河公事及東坡詠錢武肅事。〈發金陵至牛渚〉云：「東來溫嶠曾無效，西上陶桓柳可知。」〈贈日本長岡子爵〉云：「爾雅東方號太平」，又「齊國多艱感晏嬰」云云。又〈八館露臺登高〉、〈秋日同賓客登黃鵠山曾胡祠望遠〉諸詩，用事精切，皆可以方駕坡公、亭林。

又云：

公初識余，以林贊虞侍郎由御史出守昭通，道過武昌謁公，見贊虞扇頭有余贈行三絕句，至為激賞，心識之，後數年招至武昌，遂留幕府，曾呈詩有云：

一臥忽驚天醉甚，萬年欲挽陸沉艱，上游形勝看如昨，要拱中原控百蠻。

是歲列強強借膠澳各處，時事日棘，惟賴公為劉弘陶侃，不敢妄以諛詞進也。

汪辟疆〈論近代詩派〉亦云：

南皮相國以廷對名動公卿，初居京職，抗疏敢言，中朝側目，及歘歷中外，宏奬風流，尤般般以經史世務有用之學，誘導後進。偶出緒餘，播諸歌詠，淹雅閎博，世推正聲，然以力闢險怪生澀之故，頗不滿意於同光派之詩；嘗云：詩貴清切，若專事鉤棘，則非余所知矣。……其論詩上頗有不易之論，如云：「詩之上乘，雄渾超妙為善」；又云：「有理有情有事，三者具備，乃能有味，詩至有味，方為極品」；又云：「作詩必學有餘於詩之外，方為真詩，惜乎今之詩人不能知也。」

七十、江標

地壯星母夜叉孫二娘——江標（字建霞，亦作建䅉，號師鄦，自署笘誃，靈鶼閣主，江蘇元和人，光緒己丑翰林）。註：「建霞美風儀，號稱識時之彥，世皆知為清末革新運動之人，然詩工殊深，風致娟然，有靈鶼閣稿，頗自秘惜，己亥燬於火。」

葉昌熾云：

元和江建䅉太史，天姿英悟，妙解文章，與兄霄緯觀察，有雙丁之目。丙戌、丁亥之間，從余問字，同客嶺嶠，戊子、己丑聯捷成進士，與余同入翰林，視學楚南，未報命，以病卒，年未四十。……建䅉童時讀書外家，舅氏華篴秋先生名翼綸，家富藏弆，耳濡目染，遂精鑑別，研精許學，酷嗜鼎彝文字，所作篆籀皆有古法，書畫篆刻，旁逮天算格致，一見輒能深造，殆有夙慧。家本寒素，不善治生，起居服御，如豪貴家，屢諷之不能改也。京秩本清苦，長安又不易居，所得古器及宋元精槧，輒以易米。……奉使三湘，不名一錢，歸裝惟有輯刊《靈鶼閣叢書》五集五十六種，仿宋陳解元書棚本《唐賢小集五十家》，其嗜書出於天性真知，篤好宋元刻本舊鈔舊校，源流真　，瞭如指掌。……天假之年，冒其名位，名山之藏，未知觀止，崔駰以不樂捐年，范滂以清流被錮，其命矣夫！

建霞詩文書畫，美如其人，性尤豪拓，嘗遊日本，嬖一女子，欲委身以事，不果，影其小像歸，題曰「東鄰巧笑圖」，遍徵名入詩畫，其不拘小節如此。視學湖南時，以變士風開新治為己任，又倡設《湘學報》，御史黃均隆劾其所取文多怪誕不中繩尺，時康有為已進用，四卿新入軍機，譚嗣同尤與交摯，相與營解，寢黃疏不報，且擢為四品京堂，入總署，政變後，革職禁錮於家。錄其〈題孫子瀟雙紅豆圖卷子〉：

嘉道風流在目前，一函贏得百詩篇，人間儘有雙紅豆，誰向東風祝妙年。
不讀天真集外詩，那憑遺事說相思，錦贉至局多流轉，難得文孫好護持。

〈題卞玉京楹帖〉二絕：

想見衫舒釧重時，玉窗香繭界烏絲，獨愁一事梅村誤，不譽能書祗譽詩。

舉舉師師姓氏迷，飛瓊仙迹近無稽，蠶眠小字珊瑚插，莫誤楊家妹子題。

又〈題藕香館〉遺詩：

碧浪湖頭雪藕香，藕香上　碧霞裳，誰知中有詩魂弱，水珮風吹月自涼。

左家小女卻名嬌，手寫宮詞記勝朝，吾有翁山詩百首，已遲開卷赴靈茁。

慘澹遺銘屬大師，一家況自寫哀詞，笑余亦有垂髫女，只能方言不能詩。

七十一、柯紹忞

地全星鬼臉兒杜興——柯紹忞（字鳳蓀，亦作鳳笙，山東膠州人，光緒丙戌進士，典禮院學士，民國十六年國史館館長）。註：「鳳笙不朽之業，當在元史，其詩亦風骨高騫，意味老澹，一時鉅手也。」

《石遺室詩話》：

前提學使柯鳳蓀劭忞，淹賅蒙古事，重撰元史數百卷，漸次付刊；喜談詩，少見所作。亂後重見都門，讀其〈過定興謁鹿文端公墓〉一律云：

道屏城外相公阡，哀挽都門憶往年，人到九京思士會，身過三步愧橋玄。
虞淵落日悲身世，蒿里西風拜墓田，誰識平原舊賓客，塵埃衮衮送華顛。

次聯工整，末聯淒黯。

鳳蓀以著《新元史》，受國際榮譽，世人鮮有知其能詩者，偶事篇章，深厚健舉，有杜韓之骨幹，蘊坡谷之理致，刻意之作，不後同光派諸大家，良以胸羅雅故，襟懷高遠，餘事為詩，吐屬固自不凡也。東魯詩人，柯為弁冕，洵非虛也。

七十二、吳慶坻

地奴星北山酒店催命判官李立——吳慶坻（字子修，又字敬疆，浙江錢塘人，光緒丙戌進士，官湖南提學使）。註：「子修學使，精地理之學，詩筆亦健舉，卓然大家。」

子修天姿徇敏，性澹泊無競爭，丙午授湖南提學使，東渡日本考學制，在湘五載，滋多建樹，辛亥後，移家居滬，與金壇馮煦，恩施樊增祥，嘉興沈曾植，貴筑陳夔龍，番禺梁鼎芬等，結超社逸社為文字之聚，復與滬上諸名流結淞社，越二年遂歸杭州。幼承祖訓，作詩至慎，於諸家無所不窺，而杜詩精熟，為《補松廬詩錄》六卷，其辛亥後所作，別為《悔餘生詩》五卷。又雅好遊覽，凡經行古蹟及佳山水，皆見之於詩，甲子三月十一日歿於學官巷里第，春秋七十七。錄其〈秦亭山下作〉：

宴坐向林薄，客懷殊悄然，千山寒作雪，一艇晚衝煙。
稔歲驩村叟，幽棲緬昔賢，葦花楓葉外，詩思寄誰邊。

七言如〈雨中度百牢關〉云：

百牢關上逼青層，七折危城策蹇登，雨氣東來接嶓　，江聲西走出嘉陵。
劃分秦蜀知天險，細說山川有客能，少小曾經今老矣，恨無奇句狀崚嶒。

七十三、嚴修

地劣星活閃婆王定六——嚴修（字範孫，河北天津人，清癸未進士，官貴州學政。註：「範孫通方之彥，尤負時望，詩亦淵懿可誦，在美時遊山諸作，駿快似東坡可誦也。」

範孫致力教育，詩非專長，其〈遊古羅馬龐貝古城詩〉云：

平生不入平康里，人笑拘虛太索然，今日逢場初破戒，美人去已二千年。

謂古城有二千年前之妓院遺址也。胡適倡白話詩時，範孫自題一絕云：

五十為詩已最遲，況將六十始言詩，此生此事知無分，聊學盲人打鼓詞。

七十四、康有為

總探聲息頭領一員：天速星神行太保戴宗——康有為（原名祖詒，字長素，號更生，廣東南海人，光緒乙未進士，官工部主事）。註：「高言李杜傷摹擬，卻小蘇黃語近濕，能以神行走奇絕，此詩應與世長存。」

鄦廬云：

今詩人尚意境者宗黃陳，主神韻者師大歷，鎚幽鑿險，則韓孟啟其宗風，範水模山，則謝柳標其高格，其純脫然入乎古人出乎古人者，則南海康有為也。南海平生學術，不以詩鳴，徒以境遇之艱屯，足跡之廣歷，偶事歌詠，直有扶天心探地肺之奇，不僅巨刃摩天也，返虛入渾，積健為雄，惟南海足以當之。

汪辟疆云：

康長素傳朱九江經世之學，又以生際末造，亟思更制，自託西漢經師之說，以公羊學奔走天下，豪俊之士，雲附景從，負其海涵地負之才，效巨刃摩天之製，反虛入渾，肆外閎中，惟波瀾大而句律疏，鋪敘多而性情遠，斯足議耳。曩以南海擬戴宗，而惜其未能絕去摹擬，丙午夏間，南海至江西，詢及此事，並語人曰：某平生經史學問，皆哥倫波覓新世界本領，汪君乃謂為摹擬何耶？或有代為釋之者，已而又曰：某經史學可謂前無古人，但作詩卻未能忘情杜甫。蓋南海最熟杜詩全集，一千四百四十八首，殆能成誦，其延香老屋詩，面目雖力求新異，然神理結構，實近浣花翁，則未能脫化之說也。

《石遺室詩話》：

自古詩人足跡所至，往往窮荒絕域，山川因而生色，更千百年，成為勝跡，表著不衰；嘉州以岑，秦隴以杜，夜郎以李以王，柳永以柳，瓊儋以蘇，然皆未至裨海瀛海而遙也。中國與歐美諸洲交通以來，持英簜與敦槃者，不絕於道，而能以詩鳴者，惟黃公度，其關於外邦名蹟之作，頗為夥頤；而南海康長素先生，以逋臣流寓海外十餘年，多可傳之作。……如那釐利在錫蘭山巔六千尺，開大原，有湖多花不暑，風景絕佳，當為南洋諸島最勝處，詩云：

楞伽結頂六千尺，罨畫明湖翠碧開，
繁柳繁花滿園路，不寒不暑好樓臺（印音呼錫蘭為楞伽）。

錫蘭再訪佛跡數處，其塔殿最莊嚴者，皆千年來物，非佛跡也，自晏那拉積布拉外，楞伽真跡，近在歐林布二十里者，迦利膩圓塔頗大，周廊二百柱，天已暮，燃燈擲花佛前，塔前有菩提樹，僧摘葉相贈，詩云：

圓塔嵯峨迦利膩，周廊繞遍摘菩提，此是楞伽說心處，道場悄悄佛燈淒。

諸詩別有結構，惟湛然居士，集〈西遊詩〉，長春真人《西遊記》中詩，陳剛中《交州集》，可相彷彿。……

七十五、方爾謙、方爾咸

專管行刑劊子手二員：

地平星鐵臂膊蔡福——方爾謙（地山）

地損星一枝花蔡慶——方爾咸（澤山）江都人，澤山光緒己丑解元。註：「地山澤山詩名滿淮海，所作皆清剛勁上，獨秀時流，維揚多俊人，閔葆之、梁公約、陳移孫（含光）及方氏昆仲，皆一時鸞鳳也。」

方氏昆季，淮海俊人，才藻秀出，瑤情綺思，鎔鑄篇章，擬諸定庵，差稱具體。地山世稱聯聖，詩名轉為所掩；澤山〈題《晚翠軒集》〉云：

賈誼無年世所哀，功名未了罪先開，寧因痛哭逢天怒，但使工文亦禍胎。
紙上猶看秋氣滿，夢中倘見鬼雄來，是非身後何須說，還取詩篇惜霸才。

雲中批髮訴天閽，記爾衣裳涕淚痕，一劫龍蛇成野戰，無聊蟣蝨話生存。
青春短短餘香草，白日輝輝照覆盆，空仗李生傳鐵笛，開天遺事不堪論。

龍蛇野戰，蟣蝨生存，千古才人，每逢此厄，正可移贈二方也。

七十六、惲□、林□、沈□、潘□

軍中走報機密步軍頭領四員：

地樂星鐵叫子樂和——惲□

地賊星鼓上蚤時遷——林□

地狗星金毛犬段景住——沈□

地耗星白日鼠白勝——潘□

以上四員，汪辟疆僅著其姓，而略其名。按乾嘉詩壇點將，於此四名，亦不著姓氏，蓋存忠厚耳，今仍之，故略。

七十七、廉泉、吳芝瑛

專管三軍內探事馬軍頭領二員：

地微星矮腳虎王英——廉泉。

地慧星一丈青扈三娘——吳芝瑛。註：「南湖詩差有風韻，樹骨未高；王英在山寨亦平平，取擬南湖，或從其類。小萬柳堂主人，在女界文學中，自是俊物，散文家法具存，詩尚唐音，平生風義，最篤故人，秋墳惓惓，亦晚近俠舉也。」

芝瑛夫人為桐城吳摯甫之猶子，父寶三為山左縣令，獨生芝瑛，鍾愛備至，於詩文書法均有造詣。年十九，歸無錫廉惠卿，惠戶入貲為戶部郎中，居京師，與囗潭王子方同官，兩家眷屬相過往，芝瑛因獲識秋瑾。及秋瑾被難，芝瑛與石門徐懺慧女士將秋氏遺骨，卜葬西湖，嘗有〈西泠弔秋〉七絕四首：

大鐏放飲爾如何，四面江亭老淚多，今日西泠拚一慟，不堪重唱寶刀歌。

忍憶痲衣話別時，天涯遊子淚如絲，獨看落日下孤塚，別有傷心人不知。

獨薦寒泉證舊盟，可堪生死論交情，罪名莫更天涯問，黨禍中朝尚未平。

不幸傳奇演碧血，居然埋骨有青山，南湖新築悲秋閣，風雨英靈倘一還。

南湖工於集句，其集夢東詩〈題陳向元去思圖〉云：

爭教火宅頓清涼，大義當頭特篇揚，直下分明擔荷得，為憐末學別雌黃。

畫筆詩情寫未工，勞勞重複論前功，雕弓永掛狼煙息，感應休疑道有窮。

滾滾洪波無盡頭，肯將寒暑記春秋，一聲退鼓歸來晚，松自青青水自流。

蓓蕾臺承淨滿身，寥寥大化絕疏親，相逢盡解低頭棒，應是而今畫裡人。

七十八、顧印愚

掌管監造諸事頭領十六員：行文走檄調兵遣將一員：地文星聖手書生蕭讓——顧印愚（字印伯，號所持，又號塞向翁，四川華陽人，光緒己丑舉人，官湖北知縣）。註：「塞向翁詩宗晚唐，風韻絕佳，生平精小楷，嘗為梅浣華書哭菴數斗血歌，細行密字，精氣卻拂拂從十指出也。」

印伯與樊雲門同為廣雅弟子，並有高名，尤能獨闢蠶叢之正聲。《石遺室詩話》云：

節菴稱顧印伯能為晚唐詩，余識之廿年，初未之見，惟見印伯健啖，飲量甚洪，工行楷，善為詩鐘耳。印伯與綿竹楊叔嶠銳，廣雅督蜀學時，為所識拔二童子，後追隨廣雅者數十年。叔嶠既被難，印伯有老母，遂由舉人為縣令，謀祿養，需次湖北也。今年梁任公在都，修禊於西郊萬生園，會者數十焉，印伯與焉，賦詩一首，分得朗字，詩云：

即事欣在今，惜日慨既往，臨河歲癸丑，吾意一俛仰。
西郊自清淑，北樓出曠朗，主稱三日佳，客別廿年強。
袚舊孰謂新，錄述乃甄廣，江梅遲慰眼（自註：園中紅白方盛開），湍帶損餘想。
清言酒一斛，遊跡屐幾兩，後攬將感斯，逢春勤寓賞。
余見印伯詩只此也。及印伯逝，因哭之云：
華陽顧所持，能作晚唐詩，詩成輒自寫，簪花格最宜。
自我識所持，但見倒酒巵，肴核既健啖，飯至仍不辭（尋常每食飯二大碗，飽醉後亦然），
向來楊子雲，共侍抱冰師，子雲兵解去，華陽獨苦飢，
養母勉奉檄，一官漢之湄，既飽亦復醉，百聯吟折枝，
古董誰似我，落花逢君時（庚子之亂，君於漢上遇舊歌者，集桃花扇傳奇古董先生誰似我，落花時節又逢君，書楹聯贈之，見者歎其工切），天寶竟再逢，武昌丁亂離，
金臺唱瓏瓏，憔悴鬢忽絲，潮平月落去，明歲以為期，
何期遂千古，老母當付誰，詩卷與酒杯，已矣復何詞。

此詩平鋪直敘，毫無結撰，音節又近陳隋，錄之者，聊以當君一小傳耳。

陳散原〈序印伯詩集〉云：

光緒中張文襄為湖廣總督，幕中僚吏賓客多才雅方聞之彥，尤以能詩鳴者，有梁節菴、易實甫、陳石遺、程子大，成都顧君印伯亦其一人也。諸子意興飇發，篇什流布，傾動一世，君則循謹簡默，粥粥若無能，即有所作不輕出示人，故人類偏推君工書，為足壓儕輩而已。（中略）君為詩，始宗玉溪玉局，故名其居曰雙玉菴，務約旨斂氣，洗汰常語，一歸於新雋密栗，綜貫故實，色采豐縟，中藏餘味孤韻，別成其體，誠有如退之所謂能自樹立不因循者也。自周漢以來，積數千餘歲之詩人，固應風尚有推移，門戶有同異，輕重愛憎，互為循環，莫可究極，然嘗以謂凡託命於文字，其中必有不死之處，則雖歷萬變萬閡萬劫，亦終莫得而死之，而有幸有不幸之說不與焉。老遯窮山，披諷君詩，其庶幾一二有合於此歟！

七十九、胡思敬

定功賞罰軍政司一員：地正星鐵面孔裴宣——胡思敬（字瘦唐，亦作漱唐，號退廬，江西新建人，光緒乙未進士，官監察御史。）註：「退廬骨鯁之士，晚清末造，早決危亡，平生大節學術，自有可傳，詩則不甚措意，惟吐辭屬事自是退廬之詩，他人不能有也。」

瘦唐詩宗少陵，能本其所學。發為高文，樹骨堅蒼，吐詞典贍，蓋學有餘於詩外者。陳石遺云：

胡瘦唐作詩不如趙堯生之多，而興來亦復不能自休，余最喜其〈遊西山絕句〉二十首，惜無其稿矣。有〈題吳吉士秋林讀書圖〉長句一首，論咸同以來朝士學派，致慨於新學之敗壞舊學，頗跌宕可喜。詩云：

毅皇中興盛文彥，京朝學派凡三變，壽陽白髮稱老師，內殿傳經受殊眷。

六書絕業尊二徐，淳熙槧本曾親見，曾侯百戰收江寧，然燭軍門讀文選。

一時幕客俱應劉，疲騾馱書一千卷，門才獨數潘尚書，金石摩抄自矜炫。
白眼高歌滂喜齋，殘磚斷瓦搜羅徧，倏忽承平四十年，廣陵一曲隨蒼煙。
絕域方言滿都市，曹郎奮臂爭版權，太玄奇書覆醬瓿，胡兒碧眼登經筵。
漢廷公卿草間起，笑溺儒冠罵儒士，東方誦書廿萬言，不肯低頭拾青紫。
執戟金門長苦飢，侏儒飽食何曾死，南州舊交吳翰林，跌宕縱橫富文史。
竭來示我秋林圖，一卷行吟雜悲喜，鄱湖水漲匡山高，鄉夢遙遙幾千里。

竊謂祁文端、曾文正、潘文勤三公，皆於嘉道間樸學歇絕之餘，稍與樸學。三公中，祁以樸學兼能詩，曾本學詞章，晚而留心樸學，潘喜樸學而已，詞章未工，三公學派，只可謂之三嬗，不可謂之三變，此詩以文端精刊許書，文正重選學推揚馬，文勤喜金石古刻，故云然。然《緩欿亭集》，幾與程侍郎方駕，湘鄉禮運苗先簏莫子偲輩，皆樸學者，不僅王壬秋李眉生諸人，為陳徐應劉選也。至文勤既逝，翁叔平相國，惟以書畫與南皮張文達相輝映，視文達較能詩耳，今日則號稱讀書者，能留心目錄版本之學，已翹然自異於眾，又學風之一變矣。

退廬詩不多，錄其〈魯谿訪魏斯逸〉：

春風二月雨絲斜，來訪南州孺子家，亂後相逢宜皂帽，山中飯客祇胡麻。
營巢苦恨身如燕，避地還疑國在蝸，車到柴門徵不起，雲深何處覓丹砂。

〈送昀谷太守之官〉云：

故人天際去，六月似深秋，一路猿聲苦，孤吟上峽舟。
江流吞白帝，論宦擬黃州，君若懷京國，詩宜別集收。

八十、胡朝梁

考算錢糧支出納頭領一員：地會星神算子蔣敬——胡朝梁（字子方，號詩盧，江西鉛山人，官部曹）。註：「詩盧詩，精誼之作，不在秋岳、眾異之下，惟出筆太易，微傷直率。生平以詩為性命，並世名流，多所親炙，寓盧四壁，張時人詩卷，幾無隙地。」

詩盧與其鄉人曹用晦王浩，同為學散原之著者，曹王早逝，知者甚稀，詩盧造詣較深，聲氣較廣，微惜書卷不多，未能盡其變化耳。

《石遺室詩話》：

近日新識數詩人，皆東坡所謂叩門如有求者，詩亡雅廢之時，猶復得此，理宜懽悅，議者或以為聲氣標榜，顧亦問其真致力於此耳。鉛山胡子方朝梁，陳伯嚴詩弟子，自號詩廬，詩以外無第二嗜好也，嘗為人嬲使觀劇，自午至酉，萬聲闐咽中，攢眉搜腸，成五言古一篇，和其師散原〈題聽水第二齋〉韻者。入官著治文書外，日抱其新舊詩稿如束笋，詣所知數里外，商量不勸，其為詩專學山谷七言律中二聯，多兀傲不調平仄，然其筆端實無絲毫俗韻，殊可喜也。〈夏日即事〉云：

人生快意是會合，盡日好風來東南，芳塘半畝水清淺，茅屋一間人兩三。
看水看山殊未厭，栽桑栽竹粗已諳，青雲可致不須致，我願食貧如薺甘。

嚴幾道云：「疏宕遒儁，神肖山谷。」梁節庵云：「蕭疏兀傲，收處不稱。」

〈對南山〉云：

自來骨肉關至性，行矣關山良獨難，槖筆還家尋一笑，傾囊市脯勸加餐。
南山有雲欲招我，清夜聞雨能洗肝，明日鄰園乞新竹，呼僮斬取釣魚竿。

梁節庵云：「洗肝儁句，坡詩江水洗我肝。」

〈江上寄懷友人藺公〉云：

驚人雄辯雜詼諧，偏是中年意興佳，得酒便思呼等輩，除詩略不置余懷。
有時脈脈簾垂地，一任青青草滿階，美矣江山看不足，何年卜築在江涯。

〈丁叔雅農部輓詩〉云：

我於朝士一無所，如子清才百不多，落日樓頭成苦語，西風江上舊相遇。
誰知此別感今昔，何處詩魂是嘯歌，天豈能孤吾黨意，長吟獨往奈君何。

〈除夕發書四弟〉云：

一歲向燈盡，萬哀竟夕生，哀宗存弱弟，遺墨撫吾兄。
閱世多深語，隔書有哭聲，故園人不寐，應共此時情。
隔書句與蘇堪書來意萬千，隔此紙一重同工。

八十一、饒智元

監造大小戰艦一員；地滿星玉旛竿孟康——饒智元（字石頑，湖南人。）註：「石頑熟南北史，所作風韻獨絕，平生尊唐黜宋，持之甚嚴，著有〈十國雜事〉詩，為時傳誦。」

石頑與李亦元同屬湖湘詩家，並學晚唐，情韻不匱，十國宮詞，蓋詩史也，詩缺不錄。

八十二、吳俊卿

專造一應兵符印信頭領一員：地巧星玉臂匠金大堅——吳俊卿（字昌碩，亦作倉碩，號缶廬，浙江安吉人，官江蘇安東縣知縣，有《缶廬詩》）。註：「老缶詩筆健舉，題畫之作尤工，善篆刻，負有盛名。」

《石遺室詩話》：

缶廬造句，力求奇崛，如其書畫篆刻，實如其人，如其貌，殆欲語羞雷同，學其鄉人冬心、蘀石兩先生，而益以槎枒者。統觀全詩，生而不鉤棘，古而不灰土，奇而不怪魅，苦而不寒乞，直欲舉東洲巢經伏敵而各得其所長。異哉！書畫家詩向少深造者，缶廬出，前無古人矣。句如「離聲牆外禽，行色煙中櫓，人薄抱關吏，天憐識字夫」；「且題修竹去，一倚酒鑪溫」；「隋隄柳邊柳，邗水蕪中蕪」；「月白淺斟酒，水涼深閉門」；「詩好偶然得，如琴難再彈」；「乞米腰難折，攤書志不貧」；

「病臂臨池活，遊心繞樹貪」；「南宋一湖水，東風萬柳絲」。〈種竹〉云：「戴天同俯仰，租地養扶疏」；〈滄浪亭〉云：「石敧亭子破，山鏟夕陽平」；〈煙霞洞〉云：「簾捲花爭座，亭敧石攫人」；七言如「綠竹滿庭自醫俗，青蕪作飯誰索租」；〈勸我學遊還學〉詩，謂不知詩負遊屐；「篆癖冷抱石人子，買花狂散金錯刀」，皆戛戛獨造。

八十三、史久榕

專造一應旌旗袍襖頭領一員：地遂星通臂猿侯健——史久榕（字竹坪，江都人。）註：「史竹坪曾集玉谿生詩七律八十首，七古一首，五律五十首，共刻之，題曰《麝塵集》。翁叔平徐花農皆推為天衣無縫，工緻絕倫者也。近人工集句者，無此巨帙，唐堂而後，當推竹坪」（詩佚，從略）。

八十四、顧雲

專治一應馬匹獸醫一員：地獸星紫髯伯皇甫端——顧雲（字子鵬，亦作子朋，號石公，江蘇上元人，諸生，官訓導，有《盋山詩錄》）。註：「石公詩筆健舉，醉中命筆，頗多偉觀，《盋山詩錄》，不乏名作。」

陳石遺云：

石公短而肥，古貌古心，豪飲能散文；詩其次也，獨與蘇堪之瘦而長不善飲者甚相得，余嘗謂蘇堪詩為石公作者皆工，今選石公詩亦為蘇堪作者較工。

集中如〈偕蘇堪登翠微亭有感〉：

故人清發比元暉，要我相將躡翠微，亭畔乾坤殊不隘，江流衣帶且同圍。
如聞邱貉曹曹睡，中有林蜩款款飛，遠望長吟聊取適，澹雲微雨未須歸。

及〈雨中喜蘇堪枉過留宿山居即事有作〉五古，及〈過吳鑑泉溪上草堂〉五首，均力作也。

八十五、王乃徵

專治內外諸科病醫士一員：地靈星神醫安道全——王乃徵（字聘三，又稱病山、四川中江人，光緒庚寅進士，官至貴州布政使，有《嵩洛吟草》、《天目紀游草等集》）註：「病山詩工甚深，曾見其嵩山游草，風骨韻味，具臻勝境。改制以後，寓居滬上，以醫自隱，易名王潛，又號潛道人，醫固絕技也。」

《石遺室詩話》：

王聘三乃徵，四川中江人，自署病山，由翰林擢御史，著直聲，出守西江，與古衡皆以治績稱最，被薦可大用，入都時共吟集，不輕易下筆，旋尹京兆，連典大藩，由豫將赴黔，薄遊嵩洛，寄余《嵩洛吟草》一卷，乃知其詩功不淺也。〈遊嵩山道中雜詩〉云：

野性頻年官裡錮，遊心一夜客中生，呼僮為蠟登山屐，未到看山已眼明。

小國當年稱鄭固，聯岡疊阜衛周遭，古人設險今人笑，半晌飛車過虎牢。
斗大山城水國同，官衙如艇碧漪中，三更破夢藕花雨，六月生寒楊柳風。
驅車十二轘轅道，馬為饑嘶僕慍含，自入崎嶇還自慰，人間捷徑有終南。
太室峰西少室旁，溪泉流韻草花香，蘼蕪薜荔停輿處，欲繼盧鴻作草堂。
投宿少林荒寺裡，達摩面壁至今傳，亭亭石影二千載，當日工夫衹九年。
天半蓮花少室峰，蒼崖路斷碧雲封，山靈不耐紅塵客，衹有樵蹤與虎蹤。

八十六、李詳

監督打造一應軍器鐵件頭領一員：地孤星金錢豹子湯隆——李詳（字審言，號後百藥生，又字龢生，復改媿生，晚署　叟，江蘇興化人，諸生。）註：「別才非學，不信儀卿，短書小冊，拉雜並陳。」

《石遺室詩話》：

余前編詩話，偶錄李審言數詩，謂非近日詩人妙手空空者可比。審言見之，謂石遺殆未知余論詩之說，見於拭觚者。記以一詩云：

偶聞北海知劉備，惜未任華遇少陵。
儇薄自迷三里霧，煩歆誰辨一柈冰。
遊吳物論惟輕宋（自註：趙秋谷遊吳門事，阮吾山謂所指者西陂耳），朝魯宗盟竟長滕。

心折長蘆吾已久，別材非學最難憑。

滄浪論詩，余所不憑，曾與羅癭菴詩敘暢言之，惜審言所著拭甒，終未之見。至此詩使事雅切，仍非妙手空空兒評之耳。

審言為近代江淮選學大師，尹炎武謂：

其詩由荊公山谷，上躋杜韓，輔以義山、東坡，鯨跋猿嘯，盤拏逕折，又時時效吳野人翁正三，而自詭曰復初格。癸丑主貴池劉聚卿家，得與弢庵、寐叟、子勤、蘇比、古微、孟劬、叔伊、堯生晉接，時相唱酬……。

八十七、梁啟超

專造一應大小號砲頭領一員：地輔星轟天雷凌振——梁啟超（字卓如，號任公，廣東新會人，光緒己丑舉人，有《飲冰室集》）。邱菽園〈八友歌〉：「日對天地悲飛沉，傾四海水作潮音。」註：「新會向不能詩，惟嘗與譚瀏陽黃公度，鼓吹詩體革命，著為論說，頗足易一時觀聽。返國以來，從趙堯生陳石遺問詩法，乃窺唐宋門戶，《遊臺》一集，頗多可採，惟才氣橫厲，不屑拘拘繩尺間耳。」

梁卓如以南海高弟，雅負時望，以文學革新為天下倡，戊戌政變，避走扶桑，日草雜報文字數千言，尊黃遵憲、夏增佑、蔣智由為詩壇革命三傑，邱菽園所謂「日對天地悲飛沉，傾四海水作潮音」指此。梁氏雖喜論詩，所作乃傷直率，未能副其所論，壬子後，從陳趙問詩法，始斂才就範，而溫潤清剛，尚不逮丁叔雅也。

《石遺室詩話》：

余由暾谷識任公，當時任公剛弱冠，見者方疑為賈長沙陸宣公蘇長公復生，而暾谷言其將深探佛典。……逮去國十數年，世界學問，無所不究，歎其心血何止多人數斗，惟詩不多見，近見其〈謝琰東惠寄唐人寫維摩經〉二首云：

雷音居士不宿飽，日抱唐人手寫經，因想上方香積國，飯餘毛孔出芳馨。

燉煌石室森寶書，隨風散墮天一隅，故人多情遠相餉，吉光夜夜生吾廬。

如見賢劫初成，未有日月，光音天下降，皆有身光，飛行自在，未餐地肥，林藤香稻時也。

又：

任公有《遊臺詩》一卷，多悽惋語，七言如「尊前相見難啼笑，華表歸來有是非」、「曹社鬼謀殊未已，楚人天授欲何如」、「最是夕陽無限好，殘紅蒼莽接中原」、「君家可有千年鶴，細話堯年積雪時」、「我本哀時最蕭瑟，更逢庾信一沾巾」、五言如：「此日足可惜，來日更大難」、「人生幾清明，明旦成古歡」、「客館傳新火，家山界晚晴，事去勞精衛，年深失湛盧」、「薜蘿哀楚鬼，禾黍泣殷頑，零落中州集，蒼茫野史亭」、「一夢風吹海，無言月過庭」。全首如〈雜詩〉云：

千古傷心地，畏人成薄游，山河老舊影，花鳥入深愁。
人境今何世，吾生淹此留，無家更安往，隨意弄扁舟。
慘綠相思樹，殷紅躑躅花，能消幾風雨，取次送年華。
北首天將壓，南來日又斜，銅仙行處斷，鉛淚滿天涯。

〈木棉橋〉云：

春烟漠漠雨翛翛，劫後逢春愛寂寥，誰遣蜀魂啼不了，淚痕紅上木棉橋。

七言極似元裕之，「我本哀時」二語，真庾子所謂「楚老相逢泣將何及」者矣。

按任公遊臺，主霧峰林氏萊園，佳句甚多，尤多悲壯語，時臺灣尚未復我版籍也。

八十八、劉世珩

起造修葺房舍頭領一員：地察星青眼虎李雲——劉世珩（字聚卿，號葱石，安徽貴池人，光緒甲午舉人，官至度支部參議）。註：「葱石喜聚異書，鏤板行世，多精槧名刊，學裕才高，迥出流輩，詩學源出東坡，與復初齋為近，覃溪雅好金石，喜述石墨源流，引證賅博，與葱石異代同風，故肸蠁相通也。」

葱石為劉芳田瑞芬子，生平好古物，所藏書畫金石極富，世所傳雙忽雷即其家藏珍品也，對日抗戰時，日軍侵蘇州，強入其宅，其子劉公魯被嚇死，存物散失，詩佚不可得矣。

八十九、陳詩

屠宰牛馬猪羊牲口頭領一員：地羇星操刀鬼曹正——陳詩（字子言，安徽廬江人，有《尊瓠室詩》）。註：「觥觥時彥少所取，批卻導　經骨綮，提刀四顧心茫然，絕技心折陳氏子。」

子言詩宗唐音，精嚴自喜，不隨風氣轉移，此其過人處也，所著《尊瓠室詩話》、《江介雋談錄》，立論不苟。

《石遺室詩話》：

廬江陳子言，與確士為文字骨肉，屏絕世務，冥心孤往，一意苦吟，今之賈閬仙李才江也。庚戌十月五日，余招飲斜街寓廬，同集者楊昀谷、趙堯生、胡瘦唐、王書衡、馬通伯、姚淑節、吳君遂、冒鶴亭、林畏廬。君歸賦詩云：

日晡適城南，奔驥如突鶻，斜街在釜底，人家矗而凸，流風踰百年，

佳處尚林樾，俠君秀野堂，今日石遺室，清流日駢羅，韻事未衰歇，
鄉味出閩海，珍錯煮石髮，雋有江瑤鮮，甘真海月匹，談諧萃古歡，
勃窣入理窟，比舍有癭藤，彊叟舊所宅（朱彊邨先生嘗賃居查查浦，舊宅即比鄰）。
賃者今為誰，叩門懼遭叱，霜天拄歸策，墜緒聊一摭。

石遺有《近代詩鈔》中又云：

子言生平無他嗜好，惟敝精力於詩，攢眉苦吟，殆賈島周朴之流亞也。見人意極親暱，而口吃不能出一辭，所知無不愛好之者，俞觚菴與交尤摯，提學甘肅，獨邀作萬里遊，窮邊唱和，古今亦罕有其匹矣。」

詩如〈三月三十日華陰道中送春〉：

河流已東潼關隘，雲影遙遮嶽帝祠，婀娜東風數株柳，華陰道上送春時。

九十、陳夔龍

排設筵宴頭領一員：地俊星鐵扇子宋清——陳夔龍（字筱石，號庸菴，貴州貴陽人，光緒丙戌進士，官至直隸總督）。註：「庸菴詩平澹之意境，雖喜為之，實不甚工，晚寓滬濱，較前略勝，尚不逮善化相國也。」

庸菴詩少見，晚年有〈重賦鹿鳴詩〉，不錄。

九十一、敬安

監造供應一切酒筵頭領一員：地藏星笑面虎朱富——敬安（字寄禪。俗姓黃，名讀山，字福餘，號八指頭陀，湖南湘潭人）。註：「寄禪詩，在湘賢中為別派，清微澹遠，頗近右丞，惟喜運用佛典，微墮理障。」

八指頭陀，以釋子工詩，所作理致清遠，妙造自然，早年作詩，自謂得之頓悟，又時時就商湘綺老人，老人亦多為竄易，別出手眼，讀者罔覺為湘綺筆墨耳。晚年確能自立，名理紛披，一篇之中，有一二聯絕工者，他不稱是，其八指頭陀集，佳句如「傳心一明月，埋骨萬梅花」、「袖底白生知海色，眉端青壓是天痕」等句，至今尚留人齒頰也。

九十二、水竹邨人

監造粱山泊一應城垣頭領一員：地理星九尾龜陶宗旺——水竹邨人（徐世昌，號鞠人，光緒某年翰林）。註：「田間釋來東瀨徐，寄情水竹恣娛瘖，揚榷風雅願在茲，詩成早築晚晴簃。」

鞠人以勝朝大老，為國耆宿，不以詩文見長，而晚節彌堅，要屬可取，詩佚。

九十三、孫雄

專一把捧帥字旗頭領一員：地健星險道神郁保四——孫雄（字師鄭，原名同康，號鄭齋，江蘇昭文人，光緒甲午進士，官吏部主事，有《鄭齋類稿》）。註：「近代詩才讓達官，曾問實甫論詞壇，潛夫只有傷時淚，也當君家史料看（鄭孝胥〈題詩史閣句〉）。」

《石遺室詩話》：

昭文孫師鄭雄號鄭齋，治經學駢體文，而絕喜言詩，輯前清道咸同光四朝詩史十餘集，集百十人，無貴賤老幼與相識不相識，以詩至者，無不甄錄，用鋼筆寫印，高可隱人，捆載贈所知。又分為甲乙各集，鏤板行世，數請余為敘。余謂君作詩話，稱余嚴於論詩，今並蓄兼收若此，余何以措詞。君曰：吾詩史之名固不稱，第儲史料，以待後人之去取，當亦無惡於志。乃本君此意言之。」

又云：

師鄭又有〈東伯嚴四首〉之一云：

鍾阜蕭然盡掩關，民胞物與訂愚頑，世無知己諧同調，帝有恩言放故山。
江漢群英推領袖，匡廬千里照容顏，銓曹後進無能役，鑽仰思居弟子班。

伯嚴知交滿天下，第三句似未切當，首聯寫散原如見其人。〈讀袁太常昶詩集有感〉云：「夢兆早符于少保，碑文誰撰蔡中郎。」

※　※　※

以上自晁天王訖險道神，恰為一零九人，已斠註完畢，所惜其中數家詩集佚失，不易搜輯，容隨時覓補，藉成全璧。

血歷史195　PC0834

新銳文創
INDEPENDENT & UNIQUE

高拜石說詩：光宣詩壇點將錄斠註

原　　著　高拜石
主　　編　蔡登山
責任編輯　孟人玉
圖文排版　楊家齊
封面設計　王嵩賀

出版策劃　新銳文創
發 行 人　宋政坤
法律顧問　毛國樑　律師
製作發行　秀威資訊科技股份有限公司
114 台北市內湖區瑞光路76巷65號1樓
電話：+886-2-2796-3638　傳真：+886-2-2796-1377
服務信箱：service@showwe.com.tw
http://www.showwe.com.tw
郵政劃撥　19563868　戶名：秀威資訊科技股份有限公司
展售門市　國家書店【松江門市】
104 台北市中山區松江路209號1樓
電話：+886-2-2518-0207　傳真：+886-2-2518-0778
網路訂購　秀威網路書店：https://store.showwe.tw
國家網路書店：https://www.govbooks.com.tw

出版日期　2021年7月　BOD一版
定　　價　460元

讀者回函卡

Printed in Taiwan

國家圖書館出版品預行編目

高拜石説詩：光宣詩壇點將錄斠註/高拜石原著；蔡登山
主編. -- 一版.-- 臺北市：新鋭文創, 2021.07
面；公分. -- (血歷史；195)
BOD版
ISBN 978-986-5540-48-7(平裝)

1.清代詩 2.詩評

820.9107 110008340